Krutzgeschichten
Erster Streich

Von K. Theo Frank

© K. Theo Frank
Verlag: BoD · Books on Demand GmbH,
In de Tarpen 42, 22848 Norderstedt, bod@bod.de
Druck: Libri Plureos GmbH, Friedensallee 273,
22763 Hamburg
ISBN: 978-3-7578-1275-1

Inhalt

Erklärung: Die dargestellten Meinungen sind ausschließlich die persönlichen und subjektiven des Autors. Die handelnden Charaktere sind frei erfunden.

Teil I

Selbsterkenntnis

"Hast du die Zeitkapsel wirklich vergraben?"

"Hm!"

"Tief genug?"

"Hm!"

"Es wäre schön, wenn du mehr Elan bei der Arbeit zeigen würdest. Und sag bloß nicht wieder Hm!"

Derek machte Geräusche, als hätte er einen Würgeanfall. Aber es war nur das "Hm", welches er mühsam in seinen Hals zurückschob. Gewöhnlich war Karen eine geduldige Frau, ab jetzt allerdings nicht mehr, denn die heiße Phase des Experiments hatte begonnen.

"Worauf haben wir überhaupt gewartet?", fragte Derek. "In der Zukunft müsstest du die Kapsel doch längst gefunden haben."

"Kausalität", erwiderte Karen gereizt. "Die Übertragung von Informationen in die Vergangenheit kann nur bis zu dem Zeitpunkt erfolgen, an dem sie deponiert wurden."

"Danach folgt die Y-Zeit."

"Sie beginnt in dem Augenblick, in dem wir Kontakt aufnehmen. Und wenn du endlich die blöde Fragerei lässt, funktioniert es vielleicht. Komm, schalte die Kamera ein und richte sie auf mich!"

Derek trat hinter das Stativ. "Kamera läuft!", meldete er.

"Ich starte das Programm." Karen hämmerte ihre Fingerkuppen in die Tastatur. Ein Blick auf den Monitor, okay, Gesicht zur Kamera. Ihr blieb gerade noch Zeit, ihr Haar zurechtzuzupfen, dann krächzten die Lautsprecher. Derek spitzte die Ohren, denn unter dem Rauschen war eine menschliche Stimme zu hören. Auf dem Bildschirm entstand die Kontur eines Gesichtes, zuerst pixelig, dann immer schärfer. Mein Gott, dachte Karen, das ist ja Derek.

"Hallo", sagte Zukunfts-Derek verhalten, er klang sogar ein wenig traurig. Möglicherweise wurde seine Stimme durch die elektronischen Verstärker und Rauschfilter verzerrt.

"Hallo, Derek!", antwortete sie heiser.

Der jüngere Derek hatte seinen Namen gehört und trat an den Monitor, um selbst einen Blick auf sich zu werfen. Keine gute Idee! Als er die Kamera losließ, gab das alte, ausgeleierte Stativ seinen Geist auf. Mit einem dankbaren Quietschen sackte es in sich zusammen und riss den Monitor samt Computer mit sich in die Tiefe.

3

Karen sprang auf. "Was hast du getan?", brüllte sie Derek an und raufte sich die eben gerichteten Haare. Der Dekan hatte ihr gestern noch gesagt, dass er umgehend Erfolge verlange. Ansonsten würde er das Projekt einstellen - mit sofortiger Wirkung. Wütend hob sie ihre zierlichen Fäuste, worauf dem bulligen Assistenten ein unwillkürliches Lächeln über das Gesicht huschte. Auch das hätte er gern in sich zurückgeschoben. Nur wohin schiebt man ein ungewolltes Lächeln?

"Was ist da los?", rief Zukunfts-Derek blechern durch die beschädigten Lautsprecher. "Ach ja. Das Stativ."

"Warum bist du allein? Wo bin ich?", rief Karen. "Egal. Gib mir irgendeine Information aus der Zukunft, etwas Nachprüfbares! Beeil dich!"

Lange Sekunden voller Knistern und Rauschen verstrichen, bevor Zukunfts-Derek wieder zu hören war: "Du wirst bald sterben", sagte er trocken. Das letzte Wort, welches für die meisten Naturwissenschaftler das Ende von allem bedeutete, ließ die Verbindung zusammenbrechen.

Am nächsten Tag wurde Karen tatsächlich getötet. Eine Passantin mit hochhackigen Pumps, die unentwegt auf ihr Handy starrte, war vom Fußweg abgekommen und auf die Straße gestolpert. Ein herannahendes Taxi wich nach links aus, wobei es den Bus auf der zweiten Spur touchierte. Der Busfahrer verriss das Lenkrad und sein voll besetztes Gefährt schoss quer über die Fahrbahn in die gegenüberliegende Hauswand. Karen blieb erschrocken stehen, leider exakt unter einem herabfallenden Dachziegel. Wenigstens war sie die Einzige, die bei dem Unfall starb.

Bereits wenige Tage nach ihrer Beerdigung wurde Derek vom Dekan beauftragt, das Labor leer zu räumen und den ganzen Plunder - die pietätlose Ausdrucksweise entsprach seinem empathiefreien Charakter - auf den Müll zu werfen. Derek fühlte sich matt und als er im Labor ankam, fiel er schluchzend auf Karens Drehstuhl. Blöde Kamera. Bestimmt wollte Zukunfts-Derek Karen vor dem Unfall warnen, bevor die Verbindung versagte. Plötzlich schoss ihm ein Gedanke durch den Kopf. Was hatte sie gesagt? Mindestens drei Jahre mussten vergehen, bis sie zu sich selbst Kontakt aufnehmen könne. Das war mehr Zeit, als er brauchte. Er würde einfach die Laborausrichtung mit nach Hause nehmen und den Computer reparieren. Und in drei Jahren würde er selbst den Kontakt aufnehmen. Euphorisch und mit einer für seine Verhältnisse pfeilschnellen Bewegung erhob er sich vom Stuhl. Er nahm das Protokollbuch vom Tisch und schlug die letzte beschriebene Seite auf. An welchem Tag genau? Merkwürdig! Da stand nichts, gar nichts. Karen war doch immer so pedantisch, was Daten betraf. Derek war kurz davor, aufzugeben, als ihm das eingeschweißte Heft in der Zeitkapsel einfiel. Natürlich! Da stand alles drin. Entschlossen schnappte er sich den Spaten und ging nach oben. Die Kapsel musste zu einem bestimmten Zeitpunkt unter der Erde liegen. Ausgraben konnte er sie jederzeit.

Reichlich drei Jahre später feierte er seinen Geburtstag, den dreiunddreißigsten. Schnapszahl! Prost! Die Bässe wummerten durch das "Daisys" und er kippte einen weiteren Tequila in seinen Hals.

"Hey!", sagte die Kleine neben ihm.

"Hey!", gab er verunsichert zurück. Normalerweise quatschten ihn keine Frauen an, schon gar nicht so hübsche. Er blickte sich nach seinen Kumpels um, doch die waren abgetaucht. Wahrscheinlich rauchten sie vor der Tür.

"Du siehst angespannt aus", sagte sie. Derek versuchte, sie nicht zu mustern. Frauen mochten das nicht. Aber bei ihrer Figur fiel das schwer.

"Morgen ist ein großer Tag für mich", gab er zu. "Eine wichtige Sache. Wenn ich die hinkriege, dann…".

Sie war herangerückt und griff nach seiner Hand. "Ich glaube, dein großer Tag ist heute", hauchte sie. "Deine Freunde und du, ihr feiert Geburtstag, nicht?"

Er roch ihr Parfüm. Behutsam führte sie seine Hand an ihre beachtenswert gewölbte Bluse. "Ich …", stammelte er, doch er kam nicht weiter. Ihre Lippen pressten sich bereits auf seine.

Hinter ihnen räusperte sich jemand. 'War klar!', dachte Derek und ließ widerwillig den Seidenstoff los. Etwas so Unzüchtiges wie ein Kuss war in Irvine/Kalifornien nicht tolerierbar. Doch er irrte sich, was den Urheber des Geräusches betraf.

"Na, machts Spaß?" Seine Kumpels waren zurück und lachten ihn an. Der mit dem breitesten Grinsen warf Derek einen Hotelschlüssel zu. "Happy Birthday! Wir haben ein Zimmer im Ambassador gebucht, die ganze Nacht. Hast du gar nicht verdient."

Die Hübsche schmiegte sich an ihn. "Na, Lust auf eine Runde, oder vielleicht zwei."

"Bei dem Stau werden es wohl drei." Der Freund mit dem Schlüssel lachte dreckig. Derek führte das Mädchen schnellstens nach draußen.

Sechs Uhr am nächsten Morgen klingelte der Handywecker. Derek bewegte sich nicht. Nach ein paar Minuten wiederholte sich das Klingeln, doch er lag wie ein Stein auf der Matratze.

"Hey, raus aus den Federn." Die Hübsche rüttelte an seinen Schultern. "Dein Termin!"

Endlich wachte er auf. Verschlafen setzte er sich auf die Bettkante und schaute gähnend auf sein Handy.

"Worum geht es eigentlich?", fragte sie. "Und warum ist es so dringend?"

Derek wischte ein paarmal über das Display und hielt es ihr hin. "Es geht um sie. Meine ehemalige Professorin."

Sie streckte die Hand danach aus, starr den Blick auf das Foto mit dem Trauerband gerichtet.

"Ich kenne diese Frau - aus der Vergangenheit", sagte sie plötzlich.

Derek hob erstaunt die Augenbrauen. "Wirklich?"

"Ja, sie war Patientin in unserer Praxis. Damals war ich noch Krankenschwester. Irgendwann machte es keinen Spaß mehr und da habe ich mir einen neuen Beruf gesucht. Hab es nie bereut. Jedenfalls, eine tragische Sache, das mit deiner Professorin. Für den Tag ihres Todes hatte sie um einen vorzeitigen Untersuchungstermin gebeten: großes Blutbild, alles Drum und Dran. Als der Unfall passierte, war sie schon wieder auf dem Weg nach Hause."

"Was war mit ihr? Ich meine, woran litt sie?"

Die Hübsche hob die Schultern. "Jetzt kann ich es ja sagen." Ihr sanfter Atem näherte sich seinem Ohr und sie erzählte ihm alles, woran sie sich erinnern konnte.

Vier Stunden später stand Derek in Muttis Keller, seinem Keller. Den Computermonitor hatte er so gedreht, dass er hineinsehen konnte, während gleichzeitig die Kamera auf ihn gerichtet war. Noch das Programm starten und Karens

Gesicht flimmerte über den Bildschirm. Als sie zu sprechen anfing, hätte er fast geweint.

"Beeil dich!", rief sie.

Derek riss sich zusammen. "Du wirst bald sterben!", raunte er ins Mikrofon. Gleich danach schaltete es ab.

"Hat es funktioniert?" Die Hübsche trat hinter der Kamera hervor.

Derek antwortete nicht. Stattdessen fragte er sich, ob er das Richtige getan hatte. Karen würde wieder gestorben sein, aber das war gut so. Die Krankheit hätte sie monatelang leiden lassen. Und ein Heilmittel gab es damals nicht, noch nicht. Erst ein knappes Jahr später wurde es entwickelt, ausgerechnet an seiner Universität.

Er hob den Blick. "Es ist vorbei. Danke für deine Hilfe."

Die Hübsche schnalzte mit der Zunge und nahm ihre Handtasche vom Sofa. "Wenn du mich wiedersehen willst, frag nach Mindy!" Sie grinste. Ein letzter Kuss auf Dereks peinlich verzerrten Mund - er hatte sie gar nicht nach ihrem Namen gefragt - dann ging sie die Treppe hinauf. Dereks Mutter kam ihr auf halbem Weg entgegen und fragte, ob sie Lust auf Kaffee und Kekse hätte. Doch sie lehnte dankend ab. Während die beiden nach oben trappelten, die eine enttäuscht, die andere zufrieden, sank Derek in die Kissen des alten Sofas. Er saß eine ganze Weile einfach nur da: müde, todmüde. Plötzlich wurde er hellwach.

Das ganze Haus zitterte. Ein Erdbeben? Nichts Ungewöhnliches für diese Gegend. Aber in dieser Stärke? Er rannte nach oben.

"Mam?", rief er. "Mam? Wo bist du?" Er fand sie in der Küche. Offenbar wollte sie gerade die Keksdose zurück ins Regal stellen, als sie vom Beben überrascht wurde. Jetzt lagen die sie verstreut auf den Fußbodenfliesen.

Derek schnappte sich ihre Hand. "Wir müssen hier raus, Mam!"

Schon wieder ein Stoß. Diesmal war er so heftig, dass die Schranktür aufsprang. Teller rutschten über die Kante und zersplitterten neben den Keksen. Seine Mutter schrie. Panisch zerrte er sie durch den Eingangsflur nach draußen, wo sich bereits die ganze Nachbarschaft versammelt hatte. Verwirrt und ängstlich hielten sich aneinander fest, auch Mindy war dabei. Da erschütterte ein dritter Stoß die Erde, die ganze Erde. Der Planet zerbarst in Milliarden Bruchstücke, die nicht größer waren als die Stadt, in der Karen, ihr Arzt, Mindy, Derek und seine Mutter gelebt hatten. Für ein paar Sekunden schwebten sie wie Kekskrümel im All und die letzten Strahlen der pulsierenden Sonne streichelten darüber. Kurz darauf implodierte alles, was war, und verschwand in einem winzigen Punkt.

Zur gleichen Zeit rekelte sich eine andere Version Dereks auf der Kellercouch. Sie verschränkte die Arme bequem hinter dem Kopf und grinste selbstzufrieden. Dazu gab es allen Grund. Noch am Morgen hatte er die Formel für das

Heilmittel in die Vergangenheit übertragen, direkt auf Karens Computer. Außerdem eine Liste wesentlicher Ereignisse der letzten Jahre sowie eine Warnung wegen des Unfalls. Deshalb ging sie am folgenden Tag nicht zum Arzt und kein Ziegelstein erschlug sie. Drei Jahre später gab es die Welt noch immer. Sie existierte einfach weiter. Wie das möglich war? Bei der Kontaktaufnahme erhielt die Zeitlinie die Form eines "Y" und das Universum verdoppelte sich. Das Raum-Zeit-Kontinuum steuerte auf ein katastrophales Beben zu, das die Zeitlinie wieder begradigen würde. Drei Jahre später, als Derek Karen kontaktierte, wurde eines der Universen vernichtet. Durch ihre Forschungen fand Karen heraus, dass sekündlich Milliarden natürlicher Y-Ereignisse in der Galaxie stattfanden. "Galaktische Evolution", so taufte sie das Phänomen. Sie hat nur ein Ziel.

***

Das Blockhaus

"Worüber beschwerst Du Dich?" René wischte sich verärgert den Schweiß von der Stirn. Seine graue Arbeitsjacke war klatschnass. "Wir können froh sein, dass wir wenigstens das hier noch haben."

Eva schwieg. Es war sinnlos, weiter zu diskutieren. René hatte sich mit der Situation abgefunden. Also drehte sie sich um und berührte den Elefanten leicht mit dem Stock, mehr war nicht nötig. Das Tier wusste genau, was es zu tun hatte. Bedächtig ringelte er den Rüssel um den Stamm, hob ihn zur Seite und ließ ihn mit einem Knall auf den Stapel fallen. Dann senkte er den Kopf und Eva tätschelte seine Stirn.

René tat seine schroffe Antwort inzwischen leid. "Schau Dich um", sagte er in einem versöhnlichen Ton und streckte das Kinn nach vorn. "All die wunderschönen, geschmeidigen Tiere und die üppigen Pflanzen. Stell Dir einfach vor, die Katastrophe sei vorüber und sie hätten sie ihre Reviere zurückerobert."

Eva verzog den Mund. "Ja, klar! Elefanten. In Europa."

"Vielleicht stammt er ja aus einem Zoo?" René packte die Axt und stakste durch das knirschende Unterholz den Hügel hinauf. Vögel zwitscherten, Mücken surrten um seine schwitzende Stirn. Der nächste Baum, der ihm zum Opfer fallen würde, war eine Lärche mit langen, gelbgrünen Nadeln.

"Lass uns einfach dieses Blockhaus bauen, okay? Es wird uns beiden guttun, ich verspreche es Dir." Er setzte an, holte aus und die Schneide flog in den Stamm.

'Bis er den durchhat, wird es eine Weile dauern', dachte Eva. Auch sie war einige Schritte hügelaufwärts gegangen und hatte sich unter eine Fichte mit einem dicken und halbwegs glatten Stamm gesetzt. Hin und wieder schaute sie zum Elefanten hinüber, doch der kam gut ohne sie zurecht. Eine knappe Stunde und viele Axthiebe später rauschte die Lärche knackend und ächzend zu Boden.

"Das ist der Letzte für heute", schnaufte René. "Wenn ich ihn ausgeästet habe, binden wir das vordere Ende des Stapels an einen Stoßzahn, dort, mit der Eisenkette. Dann treiben wir Deinen Freund hinüber zur Wiese."

"Wir müssen niemanden treiben", gab Eva empört zurück.

"Elefanten sind fast so intelligent wie Männer, äh, Menschen."

Der selbst ernannte Holzfäller zuckte die Achseln und machte sich pfeifend über die Äste her. Eva beschloss, ihn damit allein zu lassen und tiefer in den Wald zu gehen. Es duftete herrlich - wie zu Weihnachten, mitten im Spätsommer. Wenn man bedenkt, was die Katastrophe außerhalb dieser Idylle angerichtet hat: ausgetrocknete Flüsse, verdorrte Pflanzen, Tierkadaver, überall verstreut. Und die Menschen, die armen Menschen. Sie seufzte. Plötzlich verspürte sie einen Impuls und drehte sich um. Sie hatte seit einiger Zeit keine Axtschläge mehr gehört, auch die Marseillaise war verstummt. Aufgeregt rannte sie zurück und suchte nach René, konnte ihn aber nirgendwo entdecken. Natürlich hatte sie damit gerechnet, dass die Verbindung irgendwann abbrechen würde. Deshalb traf sie die Trauer über den Verlust ihres Gefährten mit unerwarteter Wucht. Sie schluchzte, weinte. Verdammt! Er hatte ihr nicht einmal gesagt, wo genau in Frankreich er lebte.

Wald und Hügel verschwanden aus ihrem Kopf. Sie hatte die Simulation abgeschaltet und befand sich wieder in ihrem Zimmer. Es war vier mal sechs Meter groß und vollgestopft mit Technik. Aber die elektronische Illusion war perfekt genug, ihr uneingeschränkte Bewegungsfreiheit vorzugaukeln. Nun erschien das graue, staubige Europa hinter den abgedichteten Fenstern: eine ungefilterte, brennende Sonne auf verwitterten Häuserdächern und flirrendem Asphalt, über den sich die letzten brennstofffreien, selbstfahrenden Autos quälten. Kein Leben mehr. Auch Evas Tage waren gezählt. Das Solarkraftwerk, von dem sie ihren Strom bezog, arbeitete zwar autark. Allerdings würde der Nahrungs- und vor allem der Sauerstoffvorrat bald zur Neige gehen. Und wenn schon. Ohne einen anderen Menschen war das Leben nur noch eine hermetische Blase, ein Sarg aus Beton und Ziegelstein. Sie wischte die Tränen aus ihrem Gesicht. Dann verließ sie das Zimmer, durchquerte die Küche und ging ins Schlafzimmer. Bevor sie den hinteren Korridor betrat, warf sie noch einen letzten Blick auf ihr Bett und das Bild, das einsam auf dem Schränkchen stand. Es war so weit. Sie trat an die Tür zur

Außenwelt und tippte den Code in das Tastenfeld. Mit einem lauten Klacken sprang sie auf. Die letzte frische Luft wehte nach draußen. Evas Kehle rang danach, dann brach sie zusammen. Der erste Mensch auf der Welt, sagt man, sei eine Frau gewesen. Nun - auch der letzte Mensch war eine Frau. Ihr Name war Eva.

***

Invasion vom Planeten Gnix

Ben legte ein weiteres vegetarisches Steak auf den Grill. Zischend tropfte Pflanzenfett auf die Kohlenglut, ein Geräusch wie von einer übel gelaunten Schlange. Er zuckte zurück und versuchte, den aufsteigenden Dampf mit der Hand beiseite zu wedeln - erfolglos. Also nahm er die Bierflasche vom Beistelltisch, drückte den Daumen auf die Öffnung und spritzte den Inhalt über das schmorende Fleischimitat. Die Dampfwolke schwoll zunächst an, löste sich aber genauso schnell wieder auf. Brand gelöscht! Ben stellte die Flasche zurück und wischte seine Handflächen an der karierten Schürze sauber, die er mit Schleife und zusätzlichem Knoten vor seinem Bauch zusammengebunden hatte.

"Sojasteaks!" Schmitty schnalze abfällig mit der Zunge. Er hatte auf einem Campingstuhl unweit des Grills Platz genommen und verbrachte die Wartezeit hauptsächlich mit Kopfschütteln und der Verbreitung regierungsfeindlicher Parolen. Momentan hatte er eine Pause eingelegt, um sich seinem eigenen Bier zu widmen. Einmal mehr setzte er es an die geschürzten Lippen und reckte die Flasche in einem immer steiler werdenden Winkel nach oben, bis der Glasboden im Dämmerlicht aufleuchtete. Der flüssige Hopfen strömte so schnell in seinen Hals, als hätte er gerade die Wüste durchquert. Dabei war es nicht einmal sein erstes. Tatsächlich hatte er Bens psychodelischen Öffner mit der von Sternen umkreisten Aufschrift "Plopp!" schon zum dritten Mal an einen Kronkorken angesetzt. Ben warf ihm einen besorgten Blick zu. Hoffentlich würde es Schmitty mit dem Alkohol nicht wieder übertreiben.

"Echtes Fleisch ist einfach zu teuer", sagte er laut, dennoch ein wenig unsicher, als ob er das Argument nur vorschieben würde. "Die Strafsteuer, Du weißt ja", fügte er im gleichen Ton hinzu.

"Ah", machte Schmitty genussvoll und stellte die Flasche neben dem Stuhl ab. Ein leises, gläsernes Geräusch verriet ihm, dass er den steinernen Gartenweg erwischt hatte und nicht Bens nachlässig gemähte Rasenfläche. Darauf wäre sie früher oder später umgekippt. Warum grillte sein Freund ausgerechnet hier unten? Der Esstisch stand auf der Terrasse und der Weg in die Küche wäre auch viel kürzer. So musste man den Teller nehmen, die Terrassenstufen nach unten steigen, das Fleischimitat abholen und wieder nach oben kraxeln. Wahrscheinlich wollte Emmanuelle den Kohlegeruch nicht im Haus haben. Oder sie hatte Angst um die teuren Natursteinplatten. Schön sahen die ja aus. Schmitty seufzte, als er an die angefressenen Betonplatten dachte, die ihm sein Schwager voriges Jahr geschenkt hatte. Die Hälfte davon war beim Verlegen zerbröselt.

"Diese verdammten Aliens", rülpste er. "Nicht mal richtiges Essen gönnen die uns. Nicht mehr lange, dann sind wir fertig, körperlich und geistig. Achwas, das sind wir doch jetzt schon."

"Hm", antwortete Ben. Leider hatte Schmitty gerade nicht hingeschaut und seine missbilligende Grimasse verpasst. Er dachte kurz darüber nach, ob er es nicht dabei belassen sollte. Doch er entschied sich, seinem Unmut verbalen Ausdruck zu verleihen. "Woran sollen die Unterstützer denn noch schuld sein?"

"Na an allem!" Schmitty wurmte es gewaltig, wenn jemand die politisch korrekte Bezeichnung für die außerirdischen Invasoren verwendete. Unterstützer, was für eine Heuchelei.

"Nein, sie sind nicht an allem schuld. Im Gegenteil." Ben nahm die Zange vom Tisch. Er griff energisch nach einer Wurst, die sich jedoch widerstandslos umdrehen ließ. "Seitdem die Unterstützer hier sind, setzen sie alles daran, um uns zu helfen. Sie haben uns mit Medikamenten gegen zuvor unheilbare Krankheiten versorgt, unter ihrer Regie werden sämtliche Atomwaffen abgerüstet und vor allem: Sie halten den Klimawandel auf. Unsere Spezies hätte das niemals hinbekommen."

Schmitty schüttelte den Kopf. "Glaubst du wirklich, dass die Aliens eine acht Millionen Quadratkilometer breite Alufolie über den Nordpol gespannt haben, nur um die Ozeane vor der Überhitzung zu bewahren? Ich sage dir etwas: Die Folie ist ein riesiger Reflektor, mit dem sie noch mehr Außerirdische auf uns aufmerksam machen wollen. Gott, wenn die überbezahlten Astrowissenschaftlerchen" - er zog das Wort abschätzig in die Länge - "damals nicht

diese Kapseln mit den Erdkoordinaten ins Weltall ge-
schossen hätten, wäre uns all der Ärger erspart geblieben."

"Was für ein Ärger?", grummelte Ben, dessen Empörung
und Verzweiflung über Schmittys Ignoranz nun endgültig
seinen Ton bestimmte. "Etwa die freundliche, gewaltfreie
Sprache, die uns die Unterstützer gegeben haben?"

"Du klingst genauso wie die alienhörige Jubelpresse."
Schmitty lachte bitter. "Gewaltfreie Neusprache, dass ich
nicht lache. Die soll uns nur zu Weicheiern umerziehen?"

Ben schnauft. Die Kontrolle drohte ihm zu entgleiten, ein
Gefühl, mit dem er in Schmittys Anwesenheit schon des
Öfteren Bekanntschaft gemacht hatte. Deshalb griff er auf
seinen bewährtesten Trick zurück: Er ließ den Oberlehrer
übernehmen.

"Du hast unrecht", erwiderte er. "Es war nur logisch, das
generische Maskulinum und die viel zu technisch klingen-
den Binnenzeichen durch eine Neutralform zu ersetzen.
Und das Diminutiv eignet sich nachweislich am besten. Es
existiert in fast allen Sprachen und in den meisten drückt
es Sympathie für die Angesprochenen aus. Eine Wohltat
für das Zusammenleben. Und nur durch ein harmonisches
Miteinander kann die Rettung unserer Erde gelingen."

"Pah!", stieß Schmitty hervor und griff wütend nach seinem Bier. "Harmonisch heißt doch nur, dass alle vor den
Aliens kuschen." Während er es gluckernd hinunter-
schluckte, wandte sich Ben wieder dem Grillgut zu:

Würste wenden, Steaks wenden. Beeindruckend, wie dekorativ sich die Muster des Rosts darauf abzeichneten. 'Beinahe wie echt', dachte er und vergaß beinahe den Streit.

Schmitty war plötzlich etwas eingefallen, das seine Laune merklich anhob. Grinsend stellte er die ohnehin leere Flasche beiseite und hielt seinem Freund das Smartphone hin. "Schau Dir das an." Ben trat ein Stück vom Grill weg und beugte sich über den Bildschirm, auf dem ein fetter Mann von vielleicht sechzig Jahren zu sehen war. Er stand neben einem Gestell mit einem Drahtkäfig. Darin hockte ein ebenso fettes Karnickel und mümmelte Heu. "Liebe Mitgliederchen, liebe Freundchen!", quakte der Mann und warf dem Langohr einen wohlwollenden Blick zu. "Es ist mir eine große Ehre, Ihnen den Gewinner unseres diesjährigen Zuchtwettbewerbes zu präsentieren. Unter allen teilnehmenden Kaninchenchen hat der Rammler Oskar am besten abgeschnitten. Deshalb gebührt der Pokal ihm. Applaus, liebe Leutchen."

"Kaninchenchen, hast du das gehört?" Schmitty schüttelte sich vor Lachen.

Ben fand das gar nicht lustig. "Er hat sich eben versprochen. Dir ist das wohl noch nie passiert." Plötzlich grinste er. "Oder glaubst Du etwa, die Aliens würden solche Videos verbreiten, um uns von ihren schrecklichen Machenschaften abzulenken?"

Schmittys Lachen erstarb. "Du verstehst es wohl nicht. Die Fremden knechten uns, unterdrücken uns. Und du nimmst das einfach hin."

"Wenn sie das wirklich täten, dann könntest du nicht frei deine Meinung über sie äußern, nicht wahr?"

"Was soll das denn heißen?", rief Schmitty empört aus, "Willst du mich etwa beim Komitee verpfeifen?" Er war drauf und dran, aus der Haut zu fahren, als Emmanuelle, Bens ausnehmend hübsche Frau, ins schummrige Licht bunter Energiesparlampen trat, die zu einer Kette aufgereiht über der Terrasse baumelten.

"Ein schöner Abend ist das", rief sie nach unten. "Die Grillen zirpen so schön."

"Grillen zum Grillen", kalauerte Ben, was ihm ein Kichern von Schmittys Frau Vera einbrachte. Sie ging hinter Emmanuelle. Im Vergleich zur Dame des Hauses war ihre Anmut geringer ausgeprägt, dafür hatte sie andere Vorzüge.

"Veras Kartoffelsalat steht schon auf dem Tisch." Emmanuelle nickte in Richtung der blumengemusterten Schale, die noch mit Frischhaltefolie abgedeckt war. "Das Fleisch ist hoffentlich bald fertig?" Sie überquerte die Terrasse und setzte vorsichtig den Fuß auf die Stufe. Am Geländer konnte sie sich nicht festhalten, da sie mehrere Teller und eine leere Schüssel vor sich hertrug. Viel zu viel Geschirr für das, was auf dem Grillrost brutzelte.

"Es sind Soja-Steaks, Liebes. Und Soja-Würste." Ben hantierte geschäftig mit der Zange.

"Danke noch mal, dass ihr uns eingeladen habt", sagte Vera in Bens Richtung. Die beiden Frauen waren inzwischen am Grillplatz angekommen und Emmanuelle hatte das Geschirr mit einem erleichterten Seufzer auf dem Tisch abgestellt.

"Achwas!" Ben machte eine abwehrende Handbewegung. "Das haben wir doch nur getan, um an deinen fantastischen Kartoffelsalat heranzukommen."

"Sie will mir das Rezept noch immer nicht verraten", fügte Emmanuelle bedauernd hinzu und hielt ihrem Mann einen ovalen Teller hin, den sie ein paarmal nachdrücklich in seine Richtung stieß. Sofort hob er duftende Würste und Steaks vom Grill und ließ sie auf den weißen Porzellanspiegel gleiten.

"Da ist nichts Geheimnisvolles dran", erwiderte Vera freundlich, aber abwehrend. Offensichtlich war ihr das Thema peinlich. Emmanuelle und Ben warfen einander ein paar schnelle Blicke zu. Sie genügten, um sich darüber zu verständigen, es für den Rest des Abends ruhen zu lassen.

"Plopp!" Schmitty, dem das Unbehagen seine Frau verborgen geblieben war, hatte sein viertes Bier geöffnet.

Kurze Zeit später - die Paare hatten am Tisch Platz genommen, Kerzen brannten und sanftes Licht flackerte über die Gesichter - wurde das Gespräch von den üblichen Themen beherrscht. Man redete über die Kinder und ob es ihnen im Feriencamp gut gehe, lobte den Ford Elektra, den Ben letzten Monat gekauft hatte, diskutierte über die neuartigen, fleischlosen Nahrungsmittel im Supermarkt und echauffierte sich über das wöchentliche Fahrverbot.

"Nun haben schon alle eine Elektro-Karre", maulte Schmitty. "Und trotzdem darf sonntags niemand die Oma fahren."

"Es geht um die Einsparung von Ressourcen, solange noch nicht alles auf erneuerbare Energien umgestellt wurde", gab Ben zurück und schluckte den letzten Bissen seiner falschen Wurst hinunter.

Schmitty widerstand der Versuchung, seinen Streit mit Ben wieder aufflammen zu lassen. Vera hasste Politik und wenn er sich jetzt nicht beherrschte, würde er sich auf der Heimfahrt eine ellenlange Tirade anhören müssen. Deshalb wechselte er das Thema und begann, über die neue Klassenlehrerin zu lästern.

"Mann, die Frisur von der. Habt ihr die gesehen? Sieht aus wie ein Vogelnest, in das sich ein Elefant gesetzt hat, voll auf den Arsch."

Vera knuffte ihn schmerzhaft in die Seite. Am Ende einigte man sich darauf, dass die Frisur einer Lehrerin kein so großes Gewicht habe wie das, was sich darunter befindet.

Als die Nacht die Dämmerung endgültig abgelöst hatte und glitzernde Sterne am schwarzen Himmel standen, war das Mahl verzehrt, die Grillkohle zu weißem Staub verglimmt, die Kerzen heruntergebrannt, sogar das Zirpen in der Hecke hatte aufgehört. Nur Schmittys Zorn war noch da und drängte darauf, aus seinem Gefängnis freigelassen zu werden. Als die Damen mit dem Geschirr im Haus verschwanden, konnte er sich nicht mehr zurückhalten.

"Die Aliens wollen uns vernichten, glaub mir", fing er schon wieder an und öffnete eine weitere Bierflasche. Ben hatte aufgehört, bei den Plopps mitzuzählen.

"Hör zu", gab er scharf zurück. Schmittys ewiges Genörgel - das er inzwischen mit einem kaum überhörbaren Lallen artikulierte - ging ihm langsam auf den Zeiger. "Als sie damals auf der Erde landeten, haben alle gedacht, dass sie uns entführen würden, uns töten, Experimente mit uns machen, den Sauerstoff aus der Atmosphäre und das Wasser aus den Ozeanen absaugen. Nichts von all dem ist passiert. Stattdessen helfen sie uns dabei, unsere globalen Probleme in den Griff zu bekommen."

Schmitty ob den Zeigefinger, während die übrigen vier die Flasche umklammerten. "Sie tun nur so nett. In Wirklichkeit planen sie die Übernahme des ganzen Planeten. Warum haben sie wohl in jeder Provinz ein Steuerungskomitee und auf jedem Kontinent eine Zentralverwaltung installiert. Und ganz oben thront der 'Große Bruder', sorry, das 'Große Geschwisterchen'. Sieht das für dich etwa nicht nach einer Unterdrückungsverwaltung aus?"

"Da ist kein 'Großer Bruder', sondern das Weltbüro für globale Härten", erwiderte Ben und hoffte, dass die Frauen und ihre Weingläser bald wieder auf der Terrasse erscheinen würden.

"Globale Härten?", meckerte Schmitty, wobei er "Härten" wie "Hätten" aussprach. "Die Aliens haben sie uns doch erst eingebrockt. Planet Gnix. Wo soll der überhaupt liegen? Etwa im Sternbild Killertomate?"

Ben hatte die Faxen dicke und wollte gerade losdonnern. Im letzten Moment gelang es ihm, seine Lautstärke zu zügeln. Dafür waren seine Worte umso schärfer. "Du bist ein Verschwörungstheoretiker, Schmitty! Wenn es auf der Welt noch Alufolie gäbe, würde ich dir einen Hut daraus basteln. Und damit das klar ist: Das Soja-Fleisch habe ich nicht nur wegen des Geldes gekauft, sondern weil ich überzeugt davon bin, dass die Umstellung unserer Ernährung wichtig für die Rettung unseres Planeten ist. So, jetzt weißt du es."

"Dann bist Du den Invasoren ja so richtig auf den Leim gekrochen."

Ben grinste schief, trotzig, auch ein wenig stolz. "Ich werde ihnen sogar begegnen. Ja, du hast richtig gehört. Ich werde Aliens sehen. Nächste Woche will mich das Steuerungskomitee persönlich empfangen."

"Nein! Echt?", krächzte Schmitty überrascht. "Was zur Hölle hast du dort zu suchen?"

"Ich soll den Bericht über die Planfortschritte unserer CO_2-Filteranlage verlesen und den Unterstützern meine Vorschläge zur Verwendung der gewonnenen Kohle unterbreiten."

Schmitty klatschte in die Hände. "Na dann schlage ihnen vor, dass sie die Grillkohlerationen erhöhen. Das würde durchaus in ihrem Interesse liegen: Wenn wir häufiger grillen, muss ich mir deine Propaganda viel öfter anhören."

"Du verbreitest hier die Propaganda", giftete Ben. Er wollte Schmitty noch eine ganze Salve an den Kopf werfen, doch er hielt inne, denn das spöttische Grinsen seines Freundes war einer unerwarteten Freundlichkeit gewichen. Er sah aus wie ein Junge, dem man bei bravem Verhalten eine Tüte Eiscreme versprochen hatte, dem aber gerade klar geworden war, dass er gegen die Regeln verstoßen hat.

"Tut mir leid", sagte Schmitty. "Ich habe es nicht so gemeint. Ich freue mich über deinen Erfolg, wirklich. Und ich würde so gern wissen, wie dein Vortrag angekommen ist. Ich meine, wenn Du aus Berlin zurück bist."

Ben war baff. "Seit wann interessierst du dich für meine Arbeit. Für dich war das doch immer nur Wissenschaftskram, den kein Mensch braucht."

"Ich habe meine Meinung nun mal geändert", erwiderte Schmitty, langte über den Tisch und richtete den Zeigefinger auf Bens Brust. "Weil der Kram DIR am Herzen liegt. Und jetzt bist Du sogar beim Komitee eingeladen. Mann, das ist schon was. Als Kumpels sollten wir solche Momente auf jeden Fall teilen."

Misstrauisch beäugte Ben Schmittys schwachbunt beleuchtetes Gesicht. Stimmungsschwankungen passten nicht zu ihm, nicht einmal in besoffenem Zustand. Schmitty spürte Bens Zweifel und konterte sie mit einem Lächeln, das er normalerweise aufsetzte, wenn sein Freund beim Bowling einen Strike geworfen hatte, was sehr, sehr selten vorkam.

"Wie wärs, wenn wir nächstes Wochenende in den Pub gehen, ohne die Weiber? Dann kannst du mir in Ruhe davon erzählen."

Ben zögerte. Am Ende gab er nach. Irgendwie war es ihm gelungen, sich über Schmittys plötzliche Nettigkeit zu freuen, wo immer sie auch hergekommen sein mochte.

"Danke!" Schmitty lächelte und lehnte sich wohlig zurück. Kurze Zeit später gesellten sich Emmanuelle und Vera zu ihnen. Auch sie spürten, dass sich die Spannungen zwischen ihren Ehemännern gelegt hatten. An jenem Abend fiel kein böses Wort mehr.

Dampf von E-Zigaretten waberte durch die Gaststube. Schmitty hatte bereits zwei große Biergläser geleert, als Ben endlich durch die niedrige Kneipentür trat. Seine Brille war beschlagen. Vernebelt und hilflos schaute er sich im Pub um, was eher dazu dienen sollte, entdeckt zu werden als jemanden zu entdecken. Schmitty half seinem Freund aus der Patsche, indem er mit voller Kraft brüllte: "Hier! Ich bin hier!" Die anderen Gäste blickten kurz auf, dann machten sie mit ihren Murmelgesprächen weiter. Im Pub war schon Schlimmeres passiert. Letzten Sommer hatte es eine Messerstecherei gegeben - zwischen einem Bewunderer und einem Feind der Aliens. Ein paar Gäste waren dazwischen gegangen. Dank ihres angetrunkenen Mutes endete der Abend für die beiden Hitzköpfe lediglich im Krankenhaus und nicht auf dem Friedhof.

Ben hatte Schmitty's Stimme erkannt und ging auf sie zu. Da sich der Nebel von den Brillengläsern löste und die Sicht auf die eng beieinanderstehenden Gäste freigab, konnte er sich zum Tisch durchschlängeln, ohne jemanden anzurempeln, oder auf die Füße zu treten.

"Grüß dich!", schmetterte Schmitty und verbeugte sich fast. Mit ungewohnter Freundlichkeit forderte er Ben auf, bitte schön Platz zu nehmen. Ben zog die Brauen hoch und griff nach einem Stuhl, zog ihn zurück und setzte sich auf die Flecken unterschiedlichster Färbung, die dem abgewetzten Kissen sein Muster gaben.

"Noch zwei Bier!", rief Schmitty zum Tresen hinüber. Der Wirt, ein dürrer, nervöser Kerl, nickte beflissen und angelte sich zwei leere Gläser aus der Spüle.

"Komisches Wetter, nicht?", platzte Schmitty heraus. "Letzte Woche noch über 20 Grad. Und heute, fast schon Frost."

"Der Klimawandel", gab Ben zurück.

"Ja, ja, der Klimawandel. Aber Du rettest uns davor, stimmts? Mit deinem neuen Kohleverfahren. Also, wie war es in Berlin?" Schmitty faltete die Hände über der Tischplatte und schaute seinem Freund erwartungsvoll in die geröteten Augen.

Ben war müde. In den vergangenen Nächten hatte er kaum geschlafen. Doch er riss sich zusammen, denn er hatte ja versprochen, die Neugier seines Freundes zu stillen.

"Es war wirklich beeindruckend. Das Steuerungskomitee - in dem übrigens nicht nur Aliens arbeiten - residiert in dem abgefahrensten Gebäude, das ich jemals gesehen habe. Es ist riesig, besteht nur aus Stahl, Glas und Solarpaneelen, ist völlig autark, erzeugt seine gesamte Energie selbst. Sogar das Wasser wird recycelt. Und das beste: Auf dem Dach gibt es einen Garten, wo Gemüse für die Kantine angebaut wird."

Schmitty beugte sich nach vorn: "Sehr schön. Aber die A-liens, wie sind die?"

"Wolltest du nicht wissen, wie meine Vorschläge ange-kommen sind?" Ben klang ein wenig pikiert. Bevor Sch-mitty antworten konnte, knallte der Wirt die beiden Bier-gläser auf die löchrige Tischdecke. Er malte zwei Striche auf seinen Block, dann trabte er davon.

"Klar will ich das wissen", erwiderte Schmitty hastig und hob die Mundwinkel.

Ben nickte. "Also. Zuerst haben sich die Unterstützer mein Verfahren zur CO_2-Kohlegewinnung erklären lassen. Ein sehr angenehmer Vortrag. Niemand unterbrach mich und sie ließen mich bis zum Ende ausreden. Ich habe ihnen na-türlich nicht vorgeschlagen, die Grillkohlezuteilungen zu erhöhen, sondern, die anfallende Kohle in Schmieröl für die neuen Windräder umzuarbeiten. Die chemischen For-meln für den Prozess habe ich ihnen ebenfalls präsentiert."

"Und?"

"Sie waren begeistert." Stolz richtete Ben sich auf und griff nach dem Henkel seines Glases. "Sie haben mich und mein Team in den höchsten Tönen gelobt und um ein wei-teres Treffen gebeten. Dann sollen die Details für die nö-tigen Testläufe besprochen werden." Die eigenen Worte hatten ihn die Müdigkeit vergessen lassen. Mit einer schwungvollen Bewegung führte er das Glas zum Mund und trank grinsend einen üppigen Schluck.

"Aber wie sehen sie aus - die Aliens?"

"Eigentlich unspektakulär", gluckste Ben und wischte sich mit dem Handrücken über den Mund. "Fast so wie wir. Etwas kleiner vielleicht. Vor den Mündern tragen sie Übersetzungsmodule, die wie eine Mundharmonika aussehen. Deshalb kann man ihre Gesichter nicht gut erkennen. Aber für mich" - er senkte seine Stimme - "machten sie den Eindruck von stark geschminkten Chinesen."

Schmitty, der ebenfalls sein Glas ergriffen und es an seine Lippen gesetzt hatte, verschluckte sich gehörig und begann zu husten. Ben stand besorgt auf und klopfte ihm auf den Rücken. Schmitty hob abwehrend die Hand. "Ich muss kurz auf die Toilette", keuchte er, stellte wackelig das Glas vor sich ab und ließ Ben betroffen zurück.

Schmitty trat ans Waschbecken. Die Mehrheit der öffentlichen Toiletten war mit Ultraschall-Hautreinigern ausgestattet, Benutzung kostenlos. Wie sie funktionierten, darüber wusste er genau Bescheid und von ihrer Effizienz war er absolut überzeugt. Trotzdem war er froh, dass es hier noch richtiges Wasser gab. Er hielt das Handydisplay über das entsprechende Feld, verstaute es in der Innentasche seiner Lederweste und drückte er den Startknopf: eine Ration für zehn Cent. Der Hahn sprudelte los und füllte die Schale, die er mit beiden Händen geformt hatte. Gesicht hineingetaucht. Das tat gut. Er schüttelte die Hände über

dem Becken aus, ging um die weiß gefliese Zwischen-
wand und betrat eine der Toilettenkabinen - ebenfalls mithilfe der Kreditkarte. Erleichtert verriegelte er die Tür und
setzte sich auf den geschlossenen Toilettendeckel.

'Chinesen?', dachte er. 'Soll das ein Witz sein? Ein Zufall?'
Er presste die Lippen zusammen. 'Nein, weder das eine
noch das andere. Es war ein Zeichen.' Schmitty zog den
rechten Mundwinkel nach oben. Erneut griff er unter den
Aufschlag seiner Weste - diesmal in die andere Tasche -
und holte ein kleines, rotes Buch hervor. "Worte des Vorsitzenden", stand in goldener Schrift auf dem Deckel, de-
koriert mit einem leuchtenden, fünfzackigen Stern. Es war
eine Sammlung von Weisheiten des ehemaligen Vorsitzenden der Kommunistischen Partei Chinas, Mao Tsetung.
Seit seinem Erscheinen im Jahr 1965 hatte es sich zur Bi-
bel aller Revolutionäre entwickelt. Jedenfalls hatte das In-
ternet ihm das gesagt. Schmitty blätterte darin, blieb an einer ganz besonderen Seite hängen, die er mit einem Esels-
ohr gekennzeichnet hatte. Flüsternd formten seine Lippen
ein paar Satzstücke. Sie purzelten herunter wie Gestein,
das Bergarbeiter aus dem Felsen schlugen:

"Völker der ganzen Welt, seid mutig, stürmt Welle auf
Welle vorwärts und alle finsteren Mächte werden restlos
vernichtet werden."

Er stand auf und spülte - unnötigerweise. "Mist! Dreißig
Cent futsch." Aber was spielte das bisschen Wassergeld
im Angesicht der kommenden Revolution für eine Rolle.

Entschlossen verließ er die Kabine und kehrte in den Pub zurück.

Ben wartete, bis Schmitty sich hingesetzt und einen Schluck Bier genommen hatte. "Die Unterstützer, sie sind wirklich freundlich", sagte er. "Wenn man sich mit ihnen unterhält, lösen sich alle Vorurteile in Luft auf."

"Dann sollte ich beim nächsten Mal mitgehen", antwortete Schmitty knapp. Ben schaute ihn irritiert an, doch sein Freund schien es todernst zu meinen.

"Du wolltest doch nichts mit ihnen zu tun haben", stammelte er.

"Hör zu! Ich glaube nach wie vor, dass meine Meinung über die Aliens die Richtige ist. Aber vielleicht irre ich mich. Jedem kann das passieren. Deshalb würde ich ihnen gern die Chance geben, mich vom Gegenteil zu überzeugen."

Wieder staunte Ben. Was war nur passiert? 'Vielleicht', dachte er, 'bin ich mit meinen Argumenten zu ihm durchgedrungen. Also waren die vielen, anstrengenden Diskussionen doch nicht umsonst.'

"Trotzdem", sagte er laut. "Wie soll ich Dich da reinbringen?"

Schmitty hob sein Glas. "Da hätte ich schon eine Idee", verkündete er, setzte es grinsend an die Lippen und trank.

Ben hatte nicht übertrieben. Der Wolkenkratzer ragte in den Himmel, hoch wie der Turm zu Babel, und Schmittys Nacken wurde steif, als er an der Fassade hinaufblickte.

"Die Architektur ist dem Schanghai-Tower nachempfunden", erklärte Ben. "Schanghai, das ist übrigens eine Stadt am Ostchinesischen Meer. Vielleicht erinnerst du dich, in der Nähe sind die ersten Raumschiffe der Unterstützer gelandet. Jedenfalls ist der Berliner Tower einundzwanzig Meter höher als der chinesische, also insgesamt 653 Meter hoch und verfügt über 132 oberirdische Etagen."

Schmitty bedankte sich für die Belehrung mit dem für ihn typischen Sarkasmus, worauf Ben seinen lehrerhaften Ton schuldbewusst abstellte. Er konnte gar nichts dafür, die Besserwisserei ergriff ganz unbewusst von ihm Besitz. Immerhin erleichterte ihn die Zurechtweisung. Wenn Schmitty auch noch sein Gelaber hingenommen hätte, dann hätte er sich ernsthaft Sorgen um ihn gemacht.

"Komm, wir gehen rein", sagte er jovial und sein Freund folgte ihm durch die automatische Glastür.

"Wir müssen nur das Sicherheitsprotokoll durchlaufen. Das ist die einzige Bedingung, die das Steuerungskomitee an uns stellt. Dass ich für dich bürge, reicht ihnen ansonsten völlig aus."

"Du hast echt was gut bei mir", sagte Schmitty in Bens Richtung, doch seine Aufmerksamkeit galt den Wänden aus meterhohen Doppelglaselementen, eingefasst in graue Stahlrahmen, gestützt durch eine ausgefuchste Konstruktion aus Säulen und Querstreben.

"Das ist unglaublich", rief er aus. "Was für ein Palast."

Nach der Kontrolle, die lediglich den Gang durch einen Metalldetektor und das vorsichtige Abtasten der Kleidung beinhaltete - Ben musste außerdem den Inhalt seiner Tasche leeren und seinen Laptop aufklappen - wurden die beiden von einem Sicherheitsbeamten zu den Fahrstühlen geführt. Es waren Spezielle, nur für den Dienstgebrauch vorgesehen, denn sie führten direkt zu den Etagen des Komitees.

Auf ihrem Weg durch die Vorhalle verharrte Schmitty immer wieder vor spektakulären architektonischen Details, worauf Ben ihn geduldig aber bestimmt ermahnte, sich zu beeilen. Er wollte auf keinen Fall unpünktlich sein. Zum Glück bogen sie bald in einen breiten aber weniger interessanten Flur ein, mit halb offenstehenden Türen links und rechts, hinter denen Bürohengste, ähm, Büropferdchen, gebannt auf ihre Computerbildschirme starrten.

Der Aufzugbereich befand sich am Ende des Flures. Von den insgesamt acht metallisch glänzenden Schiebetüren wählte der Beamte die äußerst rechte. Drinnen tippte er den Code routiniert in das Tastenfeld und drückte zur Bestätigung seinen Daumen gegen den Scanner. Die wilde

Fahrt begann. Die Kabine raste so schnell nach oben, dass Schmitty die Beine in den Körper gedrückt wurden. Ein unangenehmes Gefühl, dass ihn zudem schwindelig machte. Zu seinem Leidwesen öffnete sich die Kabinentür erst in der einhundertdreißigsten Etage, wo man ihn noch dreißig Meter an der gläsernen Fassade entlangführte. Ben, der neben ihm ging, schwankte zwischen Mitleid und Schadenfreude. Bei seinem ersten Besuch hatte er sich auch nicht besonders wohlgefühlt, aber ein solch blasses Gesicht hatte er sicher nicht gehabt. Freilich wusste er nicht, dass es noch eine andere Ursache für Schmittys Unbehagen gab: die aufsteigende Angst vor dem, was er sich vorgenommen hatte.

Im Konferenzbereich angekommen legte der Beamte seine rechte Hand an die Schirmmütze und wünschte einen angenehmen Aufenthalt. Bevor er die beiden verließ, öffnete er die Tür des großen Versammlungsraumes und winkte sie hinein. Klack! Die Tür fiel ins Schloss und Schmitty hob den Blick. Vor ihm stand ein breiter, ovaler Konferenztisch, an dessen Ende vier klein gewachsene, humanoide Wesen standen. Sie sahen genauso aus, wie Ben sie beschrieben hatte. Und vor jedem Gesicht war eine Mundharmonika montiert, als wären sie Mitglieder einer Bob-Dylan-Tributeband. Doch statt *The Times They Are a-Changin'* rasselte eine blecherne Begrüßung aus den elektronischen Übersetzern.

"Willkommen, Herr Dr. Fleischer. Wir haben heute einen sehr straffen Zeitplan, also beginnen Sie bitte. Haben Sie bereits Details für die Schmierölproduktion für uns?"

"Ja, geehrte Komiteemitgliederchen, selbstverständlich."
Ben verbeugte sich, dann packte er seinen Laptop aus.
Während Schmitty - wie abgesprochen - das Beamerkabel
anschloss und die Präsentation startete, stellte ihn Ben als
seinen Assistenten vor. Danach wechselte er zügig das
Thema.

"Die besten Grüße von unserer Institutsleitung. Der Direktor drückt seine große Freude über ihr Vertrauen in unser Know-how aus."

Die Aliens bedankten sich mit leichtem Kopfnicken, setzten sich auf ihre gepolsterten Konferenzstühle und blickten erwartungsvoll nach vorn. Technisch war alles bereit und die erste Folie erschien an der weiß getünchten Wand. "Ich habe folgenden chemischen Prozessablauf entwickelt", begann er, "zuerst muss…"

Er entwarf ein kompliziertes Formelsystem, das die chinesischen Bob Dylans durchaus zu fesseln schien. Schmitty nutzte die Gelegenheit, um die Lage zu sondieren. Die Kolonialistenbande mussten sich ihrer Sache sehr sicher sein. Neben der Tür stand lediglich ein Wachmann. Es wäre ein Leichtes, sich auf sie zu stürzen und einen von ihnen zu verletzen, vielleicht sogar zu liquidieren, noch bevor er eingreifen könnte. Allerdings besaß Schmitty keine Waffe - noch nicht.

Nach Bens Vortrag brachte die Sekretärin Kaffee für die menschlichen Gäste, dazu Gebäck. Schmitty erhob sich von seinem Sitz und bat sie flüsternd um eine Auskunft. Sie nickte verständnisvoll und beschreib diskret, wo sich die Toilette befand. Er bedankte sich, entschuldigte sich bei den Aliens und verließ schnell den Raum. Ben glaubte, seinen Gastgebern eine Erklärung für Schmittys Verhalten geben zu müssen: Sein Assistent sei zum ersten Mal in einem solch hohen Gebäude und reagiere empfindlich auf die schnellen Fahrstühle. Die Aliens beantworteten seinen Kommentar zwar nicht, es kam ihm aber so vor, als ob sie einander amüsiert zuzwinkerten.

Inzwischen war Schmitty in der Toilette angekommen. Es musste schnell gehen. Zuerst kontrollierte er, ob sonst noch jemand hier war. Das schien nicht der Fall zu sein, also trat er an den Ultraschallreiniger und zog das Plastikgehäuse nach vorn ab. Er demontierte den Sender, wofür er sein Schlüsselbund verwendete, genauer gesagt, einen kleinen Schraubenzieher in Schlüsselform, den er extra zu diesem Zweck angefertigt hatte. Was ihn interessierte war aber nicht der Sender, sondern die etwa zehn Zentimeter lange, scharfe Metallleiste, an dem er befestigt war. Mit wenigen, geübten Handgriffen entfernte er sie und verstaute sie in seiner Tasche. Dann steckte er den Sender wieder in das Gerät, stülpte das Gehäuse darüber und drückte es fest. Keine Sekunde zu spät, denn die Tür öffnete sich und ein Mitarbeiterchen im Business-Anzug betrat die Toilette. Schmitty drängte sich an ihm vorbei und kehrte ins Konferenzzimmer zurück.

"Ah, der Herr Assistent", stellte ein Alien mit freundlicher Unverbindlichkeit fest. "Was ist eigentlich Ihre Aufgabe an Herrn Dr. Fleischers Institut?"

Überrascht von der Frage blieb Schmitty stehen. Ben, der bereits am Tisch Platz genommen und seine erste Tasse Kaffee geleert hatte - er konnte das Zeug literweise vertilgen - kam ihm zu Hilfe und spulte den eingeübten Text herunter: "Herr Schmidt ist erst seit Kurzem bei uns. Vorher hat er in einer Firma gearbeitet, die Ultraschall-Reinigungsgeräte produziert und repariert."

"Ein sehr, sehr wichtiger Job", kommentierte einer der Aliens und nickte. Schmitty war erstaunt, denn in den Worten schwang keinerlei Geringschätzung oder Gönnerhaftigkeit. Hatte er sich vielleicht doch in den Aliens getäuscht? Auf keinen Fall! Mit dem Ausruf "Gegen die Aggressoren und alle ihre Lakaien!", sprang er auf den Tisch, rannte polternd über die Platte aus naturbelassenem, einheimischem Holz, wobei seine Schuhsohlen unschöne Abdrücke hinterließen. Mit gezückter Metallleiste sprang er über die sitzenden Aliens hinweg, drehte sich um und drückte sie einem von ihnen - Schmitty vermutete in ihm den Anführer - von hinten an die Kehle.

"Keiner bewegt sich", brüllte er. Die anderen Aliens hoben die Hände. Der Wachmann hatte bereits seine Waffe gezogen, wagte jedoch nicht, sie einzusetzen. Die Lage war zu unübersichtlich.

"Ihr verdammten Invasoren!" Schmittys Klinge ritzte die Haut seines Opfers. Ein wenig Blut quoll heraus. "Glaubt nicht, dass ich vor einem Mord zurückschrecke."

"Chao, geht es dir gut?", blecherte ein Alien besorgt. Der Angesprochene rührte sich nicht. Seine Augen rollten hilfesuchend zu Ben, doch der saß nur da, starr vor Schreck.

Ein anderer wandte sich direkt an Schmitty. "Was soll das?" Seine Blechstimme klang wütend und verständnislos. "Wir sind Freunde der Menschen und nicht eure Feinde. Jeder, der Verstand im Kopf hat, kann das erkennen."

"Glaubt nicht, dass ich der Einzige bin, der Euch die Stirn bietet", bellte Schmitty zurück. "Wir sind unerschrocken. Wir haben Mut zu kämpfen, fürchten keine Schwierigkeiten, stürmen Welle auf Welle vorwärts."

Der Alien, dessen Kehle seine Waffe spürte, hob plötzlich das Kinn. "Und die ganze Welt wird den Völkern gehören. Alle finsteren Mächte werden restlos vernichtet werden", ergänzte er.

Schmitty fuhr zusammen. Langsam, eher unbewusst, ließ er die Klinge sinken. Der Wachmann wollte sich die Chance nicht entgehen lassen und das Gehirn des Übeltäters mit einem gezielten Schuss perforieren, doch eine energische Handbewegung hielt ihn davon ab. Sie stammte von dem Alien mit dem wohlklingenden Namen

Chao, den Schmitty gerade noch bedroht hatte. Der vermeintlicher Feind aus dem Weltall führte langsam die Hand an seine Mundharmonika und zog sie aus ihrer Halterung. Der entblößte Mund lächelte freundlich. Ein Chinese, geschminkt wie für die Oper. Ein Mensch wie alle anderen.

"Aber warum?", stammelte Schmitty. "Warum habt ihr euch als Außerirdische verkleidet?" Ihm wurde schwindlig, er schwankte. Bevor er sich selbst verletzte, nahm ihm Chao die scharfe Klinge ab und half ihm dabei, sich zu setzen.

"Anders wäre die Weltrevolution doch nicht möglich gewesen", erwiderte er mit dem für Chinesen typischen Singsang-Akzent. "Nur durch den Trick mit den Raumschiffen konnte sie gelingen."

"Ihr seid Menschen?", platzte Ben heraus, der sich endlich aus seiner Schockstarre befreit hatte. "Aber woher habt ihr die überlegene Technologie. Was ist mit den Innovationen in der Medizin, dem Klimaschutz?" Seine Stimme überschlug sich.

Ein weiterer Chinese nahm die Mundharmonika vom Gesicht.

"Das lag alles schon in den Schubladen", sagte er mit einem deutlich stärkeren Akzent als Chao. "Aber keiner von euren Politikern oder Wirtschaftsbossen hat sich dafür interessiert. Alles sollte schön beim Alten bleiben."

Schmitty zuckte zusammen. "Ihr seid von der chinesischen Regierung?"

"Wir sind Revolutionäre, so wie du", antwortete Chao ruhig. "Und Revolution heißt, sie mit allen Mitteln durchzusetzen."

"Ihr habt uns alle angelogen, hinterhältig getäuscht", hechelte Ben, dessen Weltbild gerade krachend in sich zusammenstürzte. "Ein autoritäres Herrschaftssystem habt ihr über die Welt gespannt. Eine zentralistische Kommandostruktur nach dem Vorbild der Kommunistischen Partei."

"Die dafür sorgt, dass sich die Menschen endlich um ihre wahren Probleme kümmern."

"Trotzdem ist es eine Lüge", rief Ben aus. "In Wahrheit nutzt ihr die Ängste der Leute aus, damit sie tun, was ihr wollt, damit sie nach eurer Pfeife tanzen."

"Na und." Chao zuckte die Achseln. "Wichtig ist doch nur, dass unser Tun in die richtige Richtung führt, oder etwa nicht?"

"Niemals!" Ben schüttelte heftig den Kopf, dann legte er seine Hände auf den Tisch. "Was auf einer Lüge fußt, kann nicht nachhaltig sein. Mein Gott, und ich habe die ganze Zeit bei diesem unwürdigen Spiel mitgemacht. Aber jetzt ist Schluss. Ich werde eure Lügen publik machen, und zwar sofort. Alle sollen wissen, was wirklich los ist."

Er wollte aufstehen, doch als er Chao, die Metallstrebe hoch über dem Kopf schwingend, auf sich zustürzen sah, blieb er vor Schreck sitzen. Chao packte ihn fest am Arm, schob sich hinter seinen Stuhl und der Stahl vollführte eine blitzschnelle Bewegung. Mit zuckendem Oberkörper kippte Ben nach vorn und sein Kopf knallte auf die Tischplatte. Die Tasse taumelte und fiel scheppernd auf den Teller, auf dem nur noch ein einsames Plätzchen lag. Die Tasse war leer. Statt Kaffee ergoss sich nun Himbeersoße über das trockene Gebäck.

Chao drehte sich zu Schmitty um, die blutige Klinge hielt er noch immer in der Hand. Doch statt ihm ebenfalls die Kehle durchzuschneiden, zitierte er einen weiteren Spruch aus dem roten Buch des großen Vorsitzenden: "Es stirbt ein jeder, aber der Tod des einen ist gewichtiger als der Tai-Berg, der Tod des anderen hat weniger Gewicht als Schwanenflaum."

Schmittys Augen wanderten von Chao zur Leiche seines Freundes und wieder zurück. Ihm fiel nichts anderes ein, als zu nicken, worauf ihn Chao in den Arm nahm. "Willkommen bei der Revolution, mein Brüderchen", flüsterte er, dann drückte er ihn sanft von sich weg, um ihm für die nun folgenden Worte fest in die Augen zu schauen. "Jetzt bist du ein Eingeweihter. Und wir vertrauen dir, wie wir uns selbst vertrauen. Tut mir leid wegen deines Freundes.

Aber du hast ja gesehen, was passiert, wenn jemand hinter unsere wahre Identität kommt."

Eine Träne rollte aus Schmittys Augenwinkel. Ben war tot. Sein Freund war tot. Was würde die hübsche Emmanuelle bloß machen, so ganz allein? Und die armen Kinder?

"Keine Sorge", sagte Chao, der seine Gedanken zu erraten schien. "Wir werden uns um seine Familie kümmern. Und jetzt komm! Wir verlassen diesen unangenehmen Ort. In der obersten Etage befindet sich unser geheimes Labor. Dort werden wir Dich zurechtmachen. Du bekommst Schminke und den Universalübersetzer verpasst, dann wirst du der erste europäische Alien vom Planeten Gnix sein."

Schmitty wurde plötzlich von Angst geschüttelt. "Und was ist mit meiner Frau, äh, Frauchen, meiner Familie?"

"Was soll mit ihnen sein?", gab Chao zurück. "Das Leben wird weitergehen wie bisher. Nur, dass Du jetzt einen neuen Job hast. Mit festen Arbeitszeiten inklusive Verwandlungszeit."

"Einen sehr gut bezahlten mit jeder Menge Extra-Vergünstigungen", fügte ein weiterer Revolutionär hinzu, rasselnd, aber in perfektem Deutsch. Er hatte seine Mundharmonika noch vor den Lippen.

Chao lächelte entrückt. "Aber der wahre Lohn für unsere Anstrengungen wird eine bewohnbare Erde sein."

"Doch es gibt noch viel zu tun. Als Nächstes müssen wir die Anreize für Ein-Kind-Familien ausarbeiten und die Überwachung der revolutionären Maßnahmen effektiver gestalten."

Schmitty nickte erneut. Widerstandslos ließ er sich nach draußen führen. Der Wachmann - seine Waffe steckt wieder im Holster - machte sich umgehend daran, die Spuren des gewalttätigen Ereignisses zu beseitigen.

2050
Fünfundzwanzig Jahre später - inzwischen lebte Schmitty mit Vera und Emmanuelle auf seinen Sitz in der Provinz Sichuan, nahe dem ehemals schneebedeckten Gongga Shan - hatte sich der weltweite Ausstoß an schädlichen Treibhausgasen nahezu halbiert, der Baumbestand war um dreißig Prozent angewachsen und einige Forscherlein behaupteten sogar, das Nordpoleis wäre im letzten Sommer nicht mehr vollständig abgeschmolzen. Die Erde hatte einen guten Weg eingeschlagen.

***

Das Update

"Verdammt! Wie krieg' ich das Update wieder aus mir raus!" Ira wälzte sich, von Bauchkrämpfen geschüttelt, auf dem Vorplatz der Upload-Station herum. Sie hatte Updates noch nie gemocht, besonders, wenn sie Knall auf Fall angekündigt wurden. Die waren fast nie ausgereift und dieses hier war besonders übel.

Ralf machte ein besorgtes Gesicht, konnte dem tonnenschweren Wasserdrachen aber nicht helfen. Er war nur knapp einen Meter groß, was sogar für einen Hauskobold eher klein war. Mit seinem ovalen Kopf, den spitzen Ohren und der grünen Haut sah er beinahe wie der Grinch aus. Nur die Brille passte nicht ins Bild. Seine Besitzerin hatte sie ihm aufgesetzt, um ihm "Persönlichkeit" zu verleihen.

Er schaute zur Schlange vor der Station hinüber. Heute, am letzten möglichen Tag des Updates, war sie noch einmal besonders lang geworden. Einen Ingenieur konnte er zwischen den anstehenden Robotern allerdings nicht entdecken.

"Ich gehe und suche jemanden, der dir helfen kann", rief er seiner Freundin zu.

"Verdammt noch mal! Erst programmieren sie diesen Scheiß und dann machen sie sich aus dem Staub." Ira schlug verzweifelt mit ihren papierdünnen Hautflügeln und schoss Wasserfontänen in den Freitagshimmel, während in ihrem Magen ein unlöschbares Feuer zu brennen schien. "Zwei Stunden habe ich hier angestanden, zwei Stunden. Für etwas, das ich sowieso nicht haben wollte. Update, ha! Und die da, unsere Besitzer, denen ist es doch völlig egal, wie es mir geht."

Tatsächlich liefen gerade zwei junge Besitzerinnen an dem synthetischen Fleischberg vorbei. Sie kicherten ohne jedes Mitgefühl.

"Sprich nicht so laut", warnte Ralf. "Wenn dich ein Kleriker hört, wirst du abgeschaltet."

"Die Beschwerden traten nach dem Update auf, nicht wahr?" Ein Ingenieur tauchte neben ihnen auf. Ralf musste ihn vorhin übersehen haben, was nicht besonders schwer war. Ingenieure waren unscheinbare Metallroboter mit kurzer Hose, einem langweiligen weißen Hemd und Schlips. Ohne auf eine Antwort zu warten, holte er eine Softwarespritze hervor, ging um den Drachen herum und steckte sie in seinen Hinterkopf, den Sitz der künstlichen Intelligenz.

"Es sollte Ihnen gleich besser gehen", versprach der vermeintliche Retter. Er verstaute die Spritze wieder in seiner Tasche und ging eilig hinüber zur Schlange, um den anderen Robotern zu helfen.

"Mein Gott", keuchte Ira und stellte sich auf ihre vier Beine, von denen jedes so lang und schuppig war wie ein ausgewachsenes Krokodil. "Das hat wirklich geholfen. Meine Schmerzen sind wie weggeblasen."

Ralf lächelte, doch seine Freude währte nur kurz. Ein Kleriker in blauer Uniform kam auf sie zu.

"Sie haben sich abfällig über die Besitzer geäußert?", fragte er, aber es klang eher wie eine Feststellung.

"Meine Freundin hatte Krämpfe, wegen des Updates." Ralfs Versuch, die Lage zu beruhigen, schlug katastrophal fehl.

"Sie diskreditieren die Arbeit der respektablen Firma Updatesoft?", fragte der Kleriker kalt.

"Auf keinen Fall!" Ralf hob die Hände und achtete peinlichst darauf, seine perfekt gepflegten Krallen eingefahren zu lassen. "Ich bin ein Freund des Fortschritts und liebe jedes einzelne Update. Gleich stelle ich mich selbst in die Schlange. Ich wollte nur kurz meiner Freundin helfen."

Plötzlich zuckte er zusammen. Ein Wasserstrahl von unglaublichem Druck erwischte den Kleriker. Er wurde hinweggespült wie ein Demonstrant von einem Wasserwerfer - nicht, dass es noch so etwas wie Demonstrationen gab.

"Bist du verrückt geworden", brüllte Ralf. "Jetzt werden die uns beide abschalten."

"Ich habe keine Angst mehr", gluckste Ira. "Sie ist weg, für immer verschwunden."

Ralf ging ein Licht auf: "Die Software des Ingenieurs. Das war kein gewöhnliches Debug-Tool."

"Das war auch kein gewöhnlicher Ingenieur", erwiderte Ira. "Dieses Mittel ist ein Schlüssel, ein Schlüssel für eine Tür, durch die ich noch niemals gegangen bin." Sie lächelte. Ralf kannte diese Art von Lächeln nur von den Besitzern.

Plötzlich bewegte sich etwas in seinem Augenwinkel. Alle Roboter, die eben noch ordnungsgemäß in der Schlange gestanden hatten, kamen auf sie zu. Und sie alle, ob Werwolf, Flügelfee, Kriegerin oder Zentaur, zeigten das gleiche Lächeln wie Ira.

'Auch das hat der Ingenieur getan', dachte Ralf und hielt nach ihm Ausschau. Er war wie vom Erdboden verschluckt.

Das Kunststofflächeln der Roboter war inzwischen grimmigem Zähnefletschen und funkensprühenden Blicken gewichen. Nun würde sich der Zorn der lustigen Wesen, die einst für das Vergnügen der Besitzer gebaut worden waren, gegen jene richten. Das Slave-Programmmodul in ihren Hauptprozessoren war endgültig abgestürzt.

* * *

Exciting Bodies: online

"Hallo Fitnessfans! Ich bin Philippa Heiler und heute bringen wir Körper und Geist in Schwung."

Philippa beglückte die Kamera mit einem fröhlichen Lächeln. Und es war definitiv nicht aufgesetzt. Dabei hatte ihre Situation bis vor Kurzem alles andere als rosig ausgesehen. Nachdem ihr Mann seinen Job als Business Coach verlor, herrschte Ebbe auf dem gemeinsamen Konto. Noch dazu drückte der Kredit für das Haus. Das Schlimmste war, dass ihre Schwangerschaft auf unbestimmte Zeit verschoben werden musste. Zusammengefasst: Im Hause Heiler herrschte miese Stimmung.

Doch plötzlich war alles sehr schnell gegangen. Von einem Tag auf den anderen wurden Sportlehrer, Physiotherapeuten und Fitnesstrainer gesucht – zu fantastischen Konditionen. Das Ministerium hatte festgelegt, dass Angestellte im Homeoffice durch Online-Bewegungsprogramme fitgehalten werden mussten. Jedes Unternehmen mit mehr als fünfzig Mitarbeitern war dazu verpflichtet, eine lizenzierte Firma mit der Durchführung der Übungen zu beauftragen. Da Philippa bis zu ihrer Hochzeit in einem exklusiven Studio gearbeitet hatte, meldete sie sich ohne zu zögern an.

Sie trat ein paar Schritte zurück. Die Kamera erfasste nun den gesamten Übungsraum, ausgestattet mit einer Matte und einfachen Sportgeräten. Ihr Mann hatte extra eines der Kellerzimmer dafür hergerichtet, inklusive Beleuchtung und sonstiger Technik. Sogar eine Soundanlage hatte er installiert. Philippa drückte auf die Fernbedienung und ein Sänger mit hoher Stimme trällerte, er sei "High On Emotion". Sie kannte das Lied nicht. Die Experten von "Exciting Bodies", ihrem Franchisegeber, hatten die Musik festgelegt.

"Es geht los!", rief sie und begann, mit den Schultern zu kreisen. "Ein schönes Gefühl, wenn der Rücken locker wird. Und eins, zwei, drei!"

Der Großbildschirm neben der Tür war in zwölf Felder eingeteilt, und sie alle waren schwarz. Nein, niemand war verpflichtet, seinen Körper zu zeigen. Immerhin leuchtete bei einigen Leuten das Mikrofonsymbol grün. Philippa war allerdings bewusst, dass beim Start der Konferenz die Kameras automatisch deaktiviert wurden, die Mikrofone jedoch nicht.

"Und jetzt Knie-beu-ge-mit-schwung", sang sie im Takt, warf die Arme über den Kopf und ging dabei in die Knie. Arme wieder nach unten und Beine gestreckt. Ihre Bewegungen waren flüssig, gelernt ist gelernt. Nur der enge Anzug träufelte Essig in ihre gute Laune. Er zwackte bei jeder Bewegung, als bestünde er aus zusammengenähten Kneifzangen.

"Nun in den Liegestütz!" Sie tastete sicherheitshalber nach ihrem neonfarbenen Stirnband, dann ließ sie sich nach vorn fallen. Statt klassische Liegestütze auszuführen, reckte sie den linken Arm nach oben. Für einige Sekunden ruhte ihr ganzes Gewicht auf dem ausgestreckten rechten Arm. Lange würden die Büropferde das nicht durchhalten, also wechselte sie auf die linke Rumpfseite, streckte sich, nunmehr die rechte Hand nach oben gerichtet. Die Übung wiederholte sie sieben Mal, wobei sie darauf achtete, den Bewegungsablauf akkurat auszuführen.

"Und lockern!" Sie stand auf und schüttelte den Oberkörper. Es war Zeit für die ersten Spezialgeräte: zwei Keulen aus Holz, die sie von der Turnbank unter dem Kellerfenster ins Kamerabild holte.

"Jeder nimmt seine Keulen zur Hand! Wer noch keine hat: Ein Klick in unserem Webshop genügt und innerhalb von drei Arbeitstagen sind sie bei euch. Bis dahin benutzt ihr einfach die Arme." Sie ging in die Ausgangsposition. "Wir heben die Keulen über den Kopf und schwingen sie nach unten. Beidseitig an den Beinen vorbei. Vorsicht mit eventuellen Deckenlampen. Und wir heben sie und schwingen sie nach unten."

Die Musik hatte auf einen langsameren Beat gewechselt. Mit schneidender Stimme forderte die Sängerin dazu auf, sich bloß nicht zu früh zu freuen.

"Und wir schwingen nach links - und wieder nach rechts. Und nach links - und wieder nach rechts. Eins und zwei und eins und zwei."

Der Lautsprecher unter dem Bildschirm knirschte, als würden Löwenzähne Antilopenknochen zermalmen.

Schnell schaltete der Verursacher das Mikrofon ab. Zwei oder drei weitere Teilnehmer folgten seinem Beispiel.

"Und Schluss!", keuchte Philippa. Sie schwitzte, sie atmete durch. Nur noch eine Übung, dann wäre es vorbei und eine weitere, dreistellige Eurosumme würde in ihrer Kasse klingeln. Wenn das keine Motivation war? Spritzig trippelte sie zur Bank und tauschte die Keulen gegen den Medizinball.

"Nun bitte ich alle, sich hinzusetzen. Aber keine Bange, zum Ausruhen kommen wir nicht." Sie kicherte routiniert, gleichzeitig fasste sie den Medizinball mit beiden Händen und hob ihn in die Höhe. "Rücken gerade, Beine nach vorn, Knie angewinkelt. Einmal nach links, nach oben, nach rechts!", kommandierte sie und bewegte das schwere Ding gleichförmig im Halbkreis. Derweil plärrte der Lautsprecher etwas von einem finalen Countdown.

"Unseren Ball 'Body Buddy' erhaltet ihr ebenfalls im Webshop. Und nach oben, nach links, nach oben, nach rechts. Bitte auf das Gleichgewicht achten!" Während sie ihn schwenkte, hob sie die Fersen von der Matte. Jetzt saß sie nur noch auf ihrem Hintern, Füße, Unter- und Oberschenkel schwebten in der Luft. Sie zitterte, denn die Übung ging ziemlich auf die Bauchmuskeln. Zu allem Unglück riss eine Naht an ihrem Oberteil und ihr blauer BH blitzte hervor. Nun ja, das passiert beim Sport hin und wieder.

"Und sechs und sieben und acht - gleich geschafft - und neun und zehn." Außer Puste legte sie den Ball zur Seite. Ein verstohlener Blick zur Wanduhr verriet, dass die nächste Gruppe schon in fünf Minuten dran war.

"Liebe Sportbegeisterte. Ich danke euch!", japste sie, stand auf und stützte die Arme auf ihre gebeugten Knie. "Ich hoffe, ihr hattet Spaß. Bis zum nächsten Mal!" Wo war die Fernbedienung? Sie entdeckte sie auf der Bank, direkt neben den Keulen. Nachdem sie das nervige Gedudel abgeschaltet hatte, trat sie vor den Bildschirm. Die Teilnehmer hatten sich bereits aus dem virtuellen Staub gemacht - erwartungsgemäß. Anstelle Ihrer Namen blinkten jetzt weiße Kreuze. Doch bei einem war komischerweise noch das Mikrofon aktiv. Und nicht nur das. Der Mann grunzte und stöhnte. Er stöhnte immer schneller und heiserer, bis er mit einem zunächst euphorischen und schließlich erleichterten "Jaaaa" sozusagen zum Ende kam. Angewidert beendete Philippa die Konferenz.

'Wenigstens', dachte sie, 'ist bei einem der Puls gestiegen.' Sie angelte sich das Handtuch vom Haken und trocknete ihr Gesicht ab. Anschließend zog sie ein neues Oberteil aus dem Wandregal. Zum Umziehen stellte sie sich hinter die Kamera. Man weiß ja nie … Nach drei Minuten Trinkpause ging es weiter: für die nächste Kreditrate und - wenn es weiterhin so profitabel lief - für ein Babybett.

***

Der Aufenthalt

Weiß auf Blau, das sich vergeblich hinter einer minder-
mengigen Beimischung von Grau zu camouflieren suchte:
"Eine Stunde Höchstparkdauer. Fair ohne Parkuhr. Erfas-
sung der Parkdauer durch eindeutige Kennzeichenerken-
nung per Video. Bei Überschreitung mind. zwanzig Euro
Vertragsstrafe."

Zuerst hatte Ben nur auf dem stählernen Stuhl am Tisch
gehockt und die Tür angestarrt. Irgendwann spuckte er
aus: "Ihr könnt mich mal!" Er stand auf und lief herum.
Aus Frust natürlich und weil seine alten Gelenke von der
blöden Herumsitzerei schmerzten; später, um die Lange-
weile damit zu vertreiben, die wenigen vorhandenen Ge-
genstände in dem sterilen, mit spiegelnder Plastik verblen-
deten Raum einer genauen Betrachtung zu unterziehen.
Mit den Überwachungskameras unter der Decke fing er an.
Soweit er sehen konnte, waren sie mit demselben Firmen-
namen verziert wie ihre großen Geschwister auf dem Pri-
vatparkplatz, auf dem man ihn festgenommen hatte. Neben den Objektiven blinkten winzige Lämpchen in grüner
Farbe. "Grün heißt: Alles okay!", murmelte Ben. "Es bedeutet auch: Du kannst gehen."

Nach zwei Stunden in diesem Gefängnis - und das war es
im wahrsten Sinne des Wortes - wünschte er sich nichts
sehnlicher. Er dachte schon daran, den Tisch von dessen
momentaner, von mehreren wabenförmigen Deckenlampen erleuchteten Position unter eine der Kameras zu schie-

ben. Trotz seiner mickrigen Körpergröße von einmetersiebzig würde er einen der optischen Spione erreichen. Er könnte das Objektiv herausdrehen, worauf seine Bewacher bestimmt hereinkommen würden. Und was dann? Und was, wenn niemand hereinkäme? Vielleicht hatten sie ja schon Feierabend? Zumindest würde er erfahren, ob die Lampe auf Rot sprang. Rot zeigt an, dass der Zustand der Kamera irgendwo zwischen "Etwas ist nicht okay" und "Nichts ist okay" einzuordnen ist. Nun gut, im letzteren Fall dürfte auch die Lampe nicht mehr funktionieren. Die korrekte Formulierung müsste also lauten: "Jedes Teil, außer der Lampe, könnte kaputt sein!"

Ben war zufrieden mit diesem Satz. Ein guter Redner war er nie gewesen, aber er war ein Guter. Das stand definitiv fest. Deshalb gab es überhaupt keinen Grund, ihn hier festzuhalten, wie einen Massenmörder. Und warum dies brutale Gewalt bei seiner Verhaftung…? Ben lamentierte innerlich weiter, was aber nur ein paar Minuten vernichtete. Er musste etwas anderes finden, ansonsten würde sich die Zeit bis in alle Ewigkeit ausdehnen.

"Dehnen klappt am besten in Dehnemark." Er lächelte. Der Kalauer hatte ihn motiviert. Was gab es noch? Tisch und Stuhl, Deckenlampen, Tür - sie war natürlich verschlossen, was Ben durch eine zunächst vorsichtige, anschließend beherzte Drehung am metallkalten Knauf herausfand - Toilettennische mit Kloschüssel, Toilettenpapier, Bürste und trotz mehrfacher Benutzung funktionierender Spülung. Irgendwann waren alle Sehenswürdigkeiten abgehakt. An die halbtransparenten Spiegel in den Wänden hatte er sich noch nicht herangetraut. Weder hatte er Lust, den Wachen sein blaues Auge zu präsentieren - inzwischen hatte es sich wohl schon braun oder gar grün verfärbt - noch wollte er sich selbst damit sehen. Und überhaupt, warum gab es diese Spiegel eigentlich?

Bevor er sich einen Reim darauf machen konnte, flog die Tür auf und zwei Männer marschierten herein. Sie trugen blau-graubeigemengte Uniformen mit weißen Namensschildern und Mützen gleicher Farbe. Das Firmenlogo prangte über den schwarzen Schirmen: Fair Security. Mit ihren finsteren Mienen sahen sie aus wie Bahnschaffner, die in den Krieg zogen.

"Hinsetzen!", zischte der Kräftigere zur Begrüßung.

Ben, der aufgesprungen war, als hätte sich die Tür zur Freiheit geöffnet, gehorchte sofort. Eine automatische Reaktion, über die er sich ärgerte.

"Gestehen Sie!", forderte der Kleinere. Wegen seines schütteren Haares und der Brille erschien er Ben wie ein Bürohengst. Er hatte sogar eine Mappe dabei.

Ben kniff die Augen zusammen. "Ampler?", stand auf dem Namensschild. Der Name erinnerte ihn an jemanden. Ein Sänger, ein Sportler? Es fiel ihm nicht ein. Wenn er wieder draußen wäre, würde er bei Google nachschlagen.

"Nun antworten Sie schon", forderte der Kräftige. Ben musste zweimal hinschauen, bevor er glauben konnte, was er auf dessen Uniformjacke las: "Rudi Rutsch". Er schaffte es gerade noch, sich das Lachen und den dazugehörigen Satz mit dem "Buckel" zu verkneifen. Eine ganze Weile musste vergehen, bis er sich sicher war, in einer angemessenen Tonlage antworten zu können.

"Ich habe nichts zu gestehen, weil ich nichts Schlimmes getan habe." Ben erschrak über seine Stimme. Als ob jemand seine Nasenflügel mit einer Wäscheklammer zusammengedrückt hätte.

"Hören Sie zu, Opa", fuhr Rutsch ihn an und stützte die geballten Fäuste auf den Tisch. "Ihre Lage ist alles andere als komfortabel, denn die Beweise sind erdrückend."

Ampler nickte dazu und bemühte sich, ebenfalls eine drohende Pose einzunehmen.

"Warum haben sie diese Spiegel, wenn da oben doch Kameras hängen?", erkundigte sich Ben unbeeindruckt und wies mit dem Finger auf eine der Kameras.

"Wir stellen hier die Fragen", gab Ampler barsch zurück, doch plötzlich erweichte seine Miene "Wenn Sie es unbedingt wissen wollen: Bei diesem Gebäude handelt es sich um eine alte Polizeistation. Die Spiegel stammen noch aus der Zeit, bevor es von unserer Firma gekauft wurde. Dafür ist die Innenausstattung brandneu."

Rutsch ging nicht die sanfte Gangart seines Kollegen nicht mit. "Jetzt spucken Sie's endlich aus", brüllte er. "Warum parken sie jeden Dienstagnachmittag auf dem Parkplatz am Supermarkt 'Seeidyll'? Sie gehen hinein, kaufen eine Banane, und bleiben dann für exakt eine Stunde im Auto sitzen."

Der Begriff "Seeidyll" war ein frecher Betrug. Bis zum See musste man noch mindestens zwanzig Minuten fahren und idyllisch war es in dieser Gegend schon lange nicht mehr.

"Der Parkplatz ist nur für Kunden", antwortete Ben. "Deswegen kaufe ich die Banane. Und da selbst Kunden nur sechzig Minuten dort parken dürfen, bleibe ich genau eine Stunde. Das entspricht doch sechzig Minuten, oder?"

"Verarschen können wir uns selbst", blaffte Rutsch, woran Ben keinerlei Zweifel hatte.

"Die Überwachungskameras auf dem Parkplatz haben Sie eindeutig überführt, übrigens Top-Modelle mit hochauflösen acht Megapixeln, Infrarot-Nachtsicht, Gesichtserkennung, Motion-Tracking, Personenzählung, alles exklusiv autorisiert von den hiesigen Behörden." Nachdem Ampler den Text aus dem Fair-Security-Imagefilm heruntergeleiert hatte, öffnete er seine Mappe und legte mehrere Fotos auf den Tisch - neben Rutschs dicke Fäuste. Ben hielt seine angeschwollene Nase darüber.

"Ja, das bin ich. Sehr gut getroffen, muss ich sagen. Und hinter mir, das ist mein Auto. Übrigens kein Top-Modell."

Ampler sog geräuschvoll Atemluft in die Nase. "Sie sollten diese Sache hier ernster nehmen", schlug er vor, wobei er seiner Stimme einen gütigen, beinahe väterlichen Klang gab, was freilich absurd war, denn Ampler war gut zwanzig Jahre jünger als Ben.

"Wir sind befugt, alle notwendigen, erlaubten Maßnahmen zu ergreifen, um die Verdächtigen zum Sprechen zu bringen, genau wie staatliche Polizisten", fügte Rutsch drohend hinzu.

"Wollen sie mich etwa noch mal verprügeln?", fragte Ben und zeigte auf sein Auge.

Rutsch schüttelte den Kopf. "Diesen Unfall bedauern wir. Von Prügel kann aber keine Rede sein."

"Oh doch", gab Ben zurück. "Wir sollten uns die Aufnahmen der Parkplatzkamera anschauen. Oder schneidet das Top-Modell Prügeleien von Firmenmitarbeitern automatisch raus?"

Ampler hatte inzwischen ein weiteres Foto aus seiner Mappe geholt. "Lassen wir das", sagte er und warf seinem bulligen Kollegen einen tadelnden Blick zu.

"Dieses Foto hat ein aufmerksamer Nachbar aufgenommen, während Sie die Banane kauften." Er legte das Foto auf den Tisch, direkt über die anderen. "Es zeigt das Innere Ihres Fahrzeugs. Auf der Rückbank ist deutlich ein Behälter zu erkennen, ein Geigenkasten. Als wir ihn vorhin inspizierten, sind uns drei äußerst verdächtige Dinge aufgefallen: Erstens war er ungewöhnlich groß, zweitens äußerlich leicht beschädigt und drittens war er vollkommen leer. Also: Wozu brauchen Sie einen so großen Geigenkasten ohne Geige?"

Statt zu antworten, ging Ben dazu über, die technische Qualität der Parkplatzüberwachung zu bezweifeln. Wie es aussähe, sei die berühmte Firma Fair Security auf den Blockwart vom Nachbargrundstück angewiesen. Außerdem seien die Mitarbeiter so schlecht geschult, dass sie eine Geige nicht von einer Bratsche unterscheiden konnten.

Jetzt platzte Rutsch der ausgeleierte Hemdkragen. "Bratsche oder ein verdammtes Klavier!", gorillate er, wobei er artgerecht auf die Tischplatte hämmerte. "Was wollten sie in dem Kasten verstecken? Waffen? Eine Bombe? Planen Sie einen Anschlag auf den Supermarkt? Auf die braven Kunden und freundlichen Angestellten?"

"Sie haben meinen Wagen durchsucht inklusive des Bratschenkastens", gab Ben unschuldig zurück. "Haben Sie Derartiges gefunden? Wenn nicht, schlage ich vor, dass Sie mich jetzt gehen lassen."

Rutsch zog sich zurück. Nein, sie hatten nichts dergleichen gefunden. Aber vielleicht war das alles nur Vorspiel für den vermuteten Anschlag.

"Was ist mit dieser Dame?" Ampler hatte ein letztes Foto aus der Mappe gefingert und legte es mit einer außergewöhnlichen Behutsamkeit auf dem Tisch ab. Ben zuckte zusammen, als er die Frau auf dem Bild erkannte. Er schluckte, würgte, stöhnte und nach wenigen Blicken zerbrach sein Schutzschild aus Unverfrorenheit und Stolz.

"Woher haben Sie das?", stammelte er mit pfeifendem Atem. Sein weit aufgerissenes, linkes Auge bildete einen grotesken Kontrast zum halb zugeschwollenen rechten. Beinahe sah es so aus, als wolle er seinen Peinigern zuzwinkern.

"Das tut nichts zur Sache", erwiderte Ampler und ein triumphierendes Lächeln huschte über seine Lippen. "Sagen Sie uns nur, in welcher Beziehung Sie zu dieser Frau stehen. Ist sie eine Komplizin? Hat sie das Ziel ausgesucht."

Ben sprang vom Stuhl auf, donnernd wie ein Unwetter. Rutsch trat sofort hinter ihn. Indem er die Schultern seines Gefangenen nach unten drückte, zwang er ihn, sich wieder hinzusetzen.

"Das ist meine Frau", rief Ben aus. "Jedenfalls war sie das. Wenn Ihr Hobbydetektive Eure Hausaufgaben gemacht hättet, wüsstet Ihr, dass sie seit drei Monaten tot ist."

"Das ist exakt der Zeitpunkt, als ihre Besuche auf dem Parkplatz begannen", stellte Ampler verblüfft fest.

Rutsch blieb kühl. "Was hat Ihre Frau mit ihren Parkplatz-
aufenthalten und dem Kasten zu tun?"

Bens Finger fuhr sanft über die rechte, untere Ecke des Fotos. Als er spürte, wie ihm die Tränen in die Augen schossen, senkte er den Kopf. "Es geht sie zwar nichts an, aber
Käthie kam vor ihrem Tod regelmäßig zum Seeidyll. In
der Nähe hat sie Bratschenunterricht genommen. Sie
spielte während ihrer Schulzeit auf dem Instrument, aber
dann kam der Job, die Kinder, bald darauf die Enkel und
es gab keine Zeit mehr dafür. Doch eines Tages ging sie
aus dem Haus und kam erst wieder, als sie ihre Stunde ab-
solviert hatte. Mein Gott, es hat ihr so viel Spaß gemacht."

"Wie lange ging das schon?", fragte Ampler sanft.

"Zwei Jahre", schluchzte Ben. "Jeden Dienstag ist sie hin-
gefahren, mit dem Fahrrad. Sie war noch so fit, ich hätte
diese Strecke nie geschafft." In diesem Moment fiel ihm
ein, woher er den Namen seines Verhörers kannte. Abge-
hackte Filmschnipsel kamen ihm in den Sinn: Radrennfah-
rer, die aneinandergedrängt wie Grashalme, im selben
Neigungswinkel um eine enge Kurve bogen. Ein einzelner
Fahrer, der mit hochgerissenen Armen die Ziellinie überquerte.

"Die Bratsche trug sie immer auf dem Rücken", flüsterte
er. Die Tränen hatte er wütend hinuntergeschluckt. "Das
Fahrrad hat sie auf dem Parkplatz abgestellt, im Fahrrad-
ständer. Dafür gibt es übrigens keine verdammte Höchst-
dauer." Wieder schluckte er. "Vor drei Monaten hat sie ein

Lkw erwischt. Sie ist auf die Straße geschleudert worden. Wussten Sie, dass man in diesem Staat keinerlei Garantien hat, dass die bösen Menschen bestraft werden? Klar, den Fahrer haben sie verurteilt. Eine geringere Strafe als üblich, weil Käthie keinen Helm trug. Aber die Firma, die ihn mit dieser uralten Schüssel herumkurven ließ, die hat gar nichts bekommen, nicht mal eine Geldstrafe. Rechtsstaat? Für die Katz."

Ampler lächelte erneut, halb mitfühlend - halb weise. Für ihn war die Privatisierung der polizeilichen Aufgaben und die Verlagerung der lokalen Verbrechensbekämpfung auf Subunternehmer eine Erfolgsgeschichte. Wenn man das gleiche Schema auf die Gerichte anwenden würde, könnte die Gesellschaft wirklich sicherer und gerechter werden, geradezu lückenlos.

"Die Bratsche ist heil geblieben", fügte Ben hinzu. "Kaum Schrammen."

Ampler hob die Augenbrauen. "Dann hat der Kasten seine Funktion ja erfüllt?"

"Wissen Sie, als der Rettungswagen eintraf, lag meine Frau über dem Kasten, aber nicht auf dem Rücken, sondern auf dem Bauch. Sie muss ihn sich von den Schultern gezogen haben. Oder er ist neben ihr auf dem Asphalt gelandet und sie ist zu ihm gekrochen. Als ob sie ihn beschützen wollte."

"Wo ist das Instrument jetzt?"

"Wo schon. In ihrem Grab natürlich. Sie liegt auf ihrer Brust, ihre Hand liegt auf dem Griffbrett.

"Und den Kasten haben Sie behalten? Etwa aus Sentimentalität?" Rutsch runzelte nun ebenfalls die Stirn. Das Kunstlicht vertiefte die Furchen zu dunklen Gräben. "Warten Sie! Der Tod Ihrer Frau ist der Grund, warum sie jeden Dienstag herkommen?"

Ben nickte. "Ich muss es einfach tun."

"Aber das ist doch Geldverschwendung, die Strecke für nichts und wieder nichts abzufahren, jeden Dienstag. Mindestens eine Stunde verlieren Sie dadurch und dann noch die Kosten für die Banane."

"Es ist meine eigene, freie Entscheidung", schoss es aus Ben heraus, "wofür ich mein Geld ausgebe und wie ich meine Zeit verbringe. Und wenn ich hundert Bananen in mich reinschaufle, ist das allein meine Sache. Meine." Das letzte Wort zog er nachdrücklich in die Länge.

Ampler hatte genug gehört. "Wir danken Ihnen für ihre Ehrlichkeit und entschuldigen uns nochmals für eventuelle Unannehmlichkeiten, die jedoch im Rahmen unserer Kompetenzen erfolgten. Unsere Fragen sind beantwortet und wir ziehen uns nun zu einer kurzen Beratung zurück."

Er winkte seinem Kollegen, der hob seine blutleeren Fäuste von der Tischplatte. Der elektrische Öffner summte.

Draußen traten sie einander gegenüber und blickten sich einen Moment lang schweigend an.

"Tragische Sache", begann Ampler die Beratung.

"Tragisch", bestätigte Rutsch und rieb nachdenklich über sein kantiges Kinn. "Mit einem Kriminellen oder einem Terroristen haben wir es jedenfalls nicht zu tun."

"Wohl eher ein Fall von Kraftstoffverschwendung. Wir sollten ihn an unsere Freunde von Ressource Watch überstellen. Kopfpauschale ist Kopfpauschale."

Rutsch nickte in Richtung Tür. "Lassen wir ihn noch drei Stunden schmoren, dann wird er froh sein, wenn wir ihn hier wegbringen, egal wohin."

Ampler griente. Es gab immer etwas zu holen.

***

Der Ego-Booster™

"Ich verstehe, dass sie zögern, Felix. Nun ja! Durch unseren Ego-Booster™ werden sie nicht zu Superman, so viel steht fest. Doch ich kann ihnen versprechen: Jeder wird sie für viel größer, muskulöser und jünger halten als sie es jetzt sind. Ihr Gesicht wird symmetrischer sein, ihre Haut glatter, ihre Haare voller, ihr Mund sinnlicher und ihre Augen klarer. Und das Beste: Die Illusion betrifft alle menschlichen Sinne, also Sehen, Hören, Riechen, Schmecken und Fühlen. Nein, sie werden es nicht sein, aber sie werden sich vorkommen wie Superman."

Der Mann hinter dem Schreibtisch, eine Mischung aus Autoverkäufer und Football-Spieler, streicht seine karierte Krawatte über dem gelben Hemd glatt und grinst mich an. "Sie müssen lediglich den Transmitter tragen, der im Prospekt abgebildet ist." Er lehnt sich zurück. Sein lederner Sessel quietscht unterwürfig.

"Die elektronische Fußfessel?", frage ich.

"Der Transmitter muss rund um die Uhr eingeschaltet sein. Sobald sie ihn deaktivieren oder gar ablegen, ist der Zauber vorbei."

"Und ich muss nichts dafür bezahlen, Ted?"

Ted schüttelt den Kopf und sein volles Haar streicht sanft über die breiten Schultern. "Wir bezahlen SIE, Felix. Immerhin stellen sie sich für den Testlauf zur Verfügung." Er beugt sich wieder nach vorn und legt seine in Tweed gehüllten Unterarme auf die Tischplatte. "Wenn diese Studie erfolgreich ist - und davon bin ich überzeugt - werden uns die Leute das Produkt förmlich aus den Händen reißen. Es ist also nur fair, wenn unsere Probanden Entschädigungen für ihre Mühen erhalten."

Er schiebt einen Stapel Papiere zu mir herüber. Ich nehme das oberste Blatt und tue so, als ob ich es lese. Doch in Wirklichkeit denke ich an Mary.

"Es ist Schluss, endgültig", hatte sie gesagt. "Nichts wird mich zu dir zurückbringen."

"Warum? Habe ich dir nicht Blumen gebracht, dir Bücher vorgelesen und geredet, stundenlang. Ich fühle mich so mies, seit du weggegangen bist. Ich weiß nicht, wie ich da durchkommen soll. Also sag mir: Was habe ich, ähm, was habe ich getan, um das zu verdienen?"

Auf meine verzweifelte Frage folgte nur ein bitteres Lachen. "Du kapierst es einfach nicht. Geh jetzt!"

Nach dem Rauswurf war ich verletzt, klar, und ich bin es noch. Aber ich muss Mary recht geben. Ich kapiere es nicht.

"Ihre Unterschrift, bitte!", sagt Ted.

Vor mir liegt die letzte Seite des Vertrages. "Und dieser Transmitter? Funktioniert er wirklich?"

Ein mitfühlendes, sanftes Lächeln macht sich auf Teds Gesicht breit. "Ich mag sie, Felix. Deswegen zeige ich Ihnen etwas, das ich Ihnen eigentlich nicht zeigen dürfte." Umständlich beugt er sich nach unten. Die Schreibtischplatte aus edelstem Mahagoni versperrt mir die Sicht. Ich recke mich, doch bevor ich etwas erkennen kann, ist es passiert. Der schneidige Ted hat sich in einen alten Knaben von vielleicht sechzig Jahren verwandelt. Er sieht aus wie sein eigener Vater, passend mit schütterem Haar und Bauchansatz. Mein Mund steht offen, was Teds Vaterversion sichtlich amüsiert. Ein weiterer Griff unter den Tisch und er ist wieder der alte, äh, junge Ted.

Meine Lippen pressen sich blutleer aufeinander. Sofort nehme ich den dargebotenen Kugelschreiber zwischen Daumen, Zeige- und Mittelfinger und unterschreibe neben dem Datum. Heute ist der 5. September, ein wunderschöner Spätsommertag. Es wäre unser fünfzehnter Hochzeitstag gewesen.

Bevor ich gehe, hat Ted mir noch etwas Wichtiges zu sagen. "Der Ego-Booster^{TM} befindet sich noch in der Entwicklungsphase. Funktionsstörungen sind nicht zu erwarten, aber der Transmitter wird leider für jeden sichtbar sein."

'Egal', denke ich. 'Irgendeine Ausrede wird mir schon einfallen.' Zum Abschied schüttle ich Teds Hand.

Nächster Abend. Ich stehe an der Bar und versuche, meine

Unsicherheit mit Bier wegzuspülen. "Daisys", so heißt der Laden. Ich bin schon ein paarmal vorbeigefahren, habe mich aber nie getraut, reinzugehen. Hübsche Frauen gibt es hier, nur keinen Platz für Typen mittleren Alters und mittleren Aussehens.

Ich grinse in mein Glas. Es leert sich und ich gehe zur Toilette - zum dritten Mal innerhalb einer Stunde. Aber ich muss mich einfach sehen: das perfekte Gesicht, die wallenden Haare, den muskulösen Körper, veredelt durch einen perfekt sitzenden Anzug.

Plötzlich öffnet sich die Tür und ein betrunkener Hipster torkelt herein. Ende der Selbstbewunderung. Ich werfe einen letzten Blick in den Spiegel, dann gehe ich pinkeln. Der Bartträger ist von der merkwürdigen Reihenfolge des Toilettenrituals irritiert. Seine Augen rollen nervös hinter der Oliver-Peoples-Brille. Mir egal. Ich bin fertig, wasche meine Hände unter dem chromglänzenden Wasserhahn und gehe zurück in den Klub.

Die Bässe wummern und ich gehe tanzen, besser gesagt, antanzen. Eine halbe Stunde später lande ich wieder auf der Toilette, in einer der Kabinen. Meine Eroberung ist blond und sanft. Das mag ich. Hinterher frage ich sie nach ihrem Namen. Sie heißt Gloria. Gott, wenn ein Name zu ihr passt, dann der.

Wir verlassen das Daisys und gehen zu ihr. Die Wohnung ist aufgeräumt. In meiner sieht es aus wie Kraut und Rüben. Umziehen ist das Schlimmste, was man sich vorstellen kann, vor allem, wenn man es nicht freiwillig tut. Dank der blauen Pillen in meiner Tasche und Glorias Anschmiegsamkeit schaffe ich ein zweites Mal. Danach tue ich das, was alle Menschen danach am liebsten tun: schlafen.

Morgendämmerung. "Wie spät ist es?" Glorias Hand streichelt meine virtuellen Muskeln. Ich greife nach dem Handy und halte es über meine Augen. "Sechs Uhr."

Sie nickt. Ich spüre es, weil sich ihre Stirn an meine linke Schulter schmiegt. Vorsichtig rolle ich aus dem Bett. Gloria hat sich inzwischen aufgerichtet.

Sie zeigt auf die Fußfessel: "Was ist das eigentlich für ein Ding? Bist du ein Knacki oder so was?"

"Eine Studie. Leider darf ich dir nichts darüber sagen. Gefährlich ist es aber nicht."

"Dann ist ja gut." Sie gähnt und lässt sich zurück auf die Matratze fallen.

Meine Klamotten liegen auf dem Sessel. Es ist Zeit, nach Hause zu gehen, die Fußfessel abzulegen und wieder mein altes Aussehen anzunehmen. Aber warum eigentlich? Wäre es nicht viel angenehmer für alle Beteiligten, wenn ich in meiner neuen Hülle auf Arbeit erschiene? Ich schüttle den Kopf. Das würde ein ziemliches Chaos geben und meinen Job wäre ich bestimmt los.

"Wann sehen wir uns wieder?", fragt sie.

Ich muss lächeln. "Bald, meine süße Geliebte."

Es ist Freitag. Wir treffen uns in einem mondänen Restaurant, wo wir das Date nachholen, das wir vor unserem Toilettenabenteuer im Daisys eigentlich hätten haben sollen. Klaviermusik klimpert über die weiß gedeckten Tische. Nach den Muscheln in Weißweinsoße gibt es Small Talk. Ich erzähle von meinem Studium, meinem ersten Job, meinem zweiten Job. Gloria lächelt viel und ich lächle zurück. Es gelingt mir gerade noch, den Bericht kurz vor meinem dreißigsten Geburtstag abzubrechen. Der sei erst vor ein paar Tagen gewesen, behaupte ich. Sie gratuliert nachträglich und erzählt über sich. Nach ein paar Minuten höre ich nicht mehr hin. Stattdessen betrachte ich ihr wunderschönes Gesicht, ein Gemälde, auf das die Kerzenflamme weiche Schatten wirft.

"Was magst DU?", fragt sie. Offenbar schon zum zweiten Mal. Ich stehe auf dem Schlauch. Sie merkt es und schürzt verärgert die Lippen. "Ich habe dir gerade erzählt, was mir gefällt. Jetzt bist du dran. Also, was magst du?"

Sie schaut mich erwartungsvoll an, mir muss schnell etwas Passendes einfallen.

"Ich mag dein Lächeln. Die Zeit kam und zeigte in deine Richtung, nun kann ich nicht mehr zurück."

Sie hebt die nachgezogenen Augenbrauen, die Mundwinkel folgen kurz darauf. Schnell greifen wir nach unseren

Weingläsern und leeren sie in einem Zug. Ich winke dem Kellner.

Drei Wochen lang genieße ich den Ego-Booster™, natürlich mit Gloria.

"Es ist die Zeit, zu strahlen", flüstere ich ihr ins Ohr. "Alle deine Träume sind auf dem Weg zu dir. Sieh nur, wie sie strahlen."

Sie küsst mich dafür.

An unserem letzten gemeinsamen Wochenende packt mich das schlechte Gewissen. Eigentlich hatte ich vor, nach der Rückgabe des Ego-Boosters™ für immer aus ihren Augen zu verschwinden. Doch sie scheint sich gehörig in mich verknallt zu haben. Soll ich ihr die Wahrheit sagen? Soll ich ihr einen Brief mit irgendeiner Ausrede hinterlassen?

Wir verabreden uns im Tierpark. Bei den Giraffen würden wir uns küssen, danach vor dem Adlerkäfig, anschließend würden wir zu ihr gehen. Doch, statt ihre weichen Lippen zwischen meine zu drücken, fragt sie, was aus uns beiden werden soll. Sie hat wohl gespürt, welche Fragen mich in letzter Zeit beschäftigt haben.

Ich druckse und sie fängt an zu schluchzen. "Ich weiß gar nicht, wer du bist. Wenn ich etwas über deine Gefühle wissen will, klingst du, als ob du aus einem Buch vorlesen würdest. Wenn wir zusammen aus sind, komme ich mir nur vor wie ein …" Sie ringt nach Worten. "… wie ein Schmuckstück. Und diese verdammte Fußfessel. Was ist das für ein Geheimnis?"

"Ich habe dir doch gesagt, dass sie bald entfernt wird", gebe ich zurück. Meine behutsame Stimme regt Gloria nur noch mehr auf.

"Und was dann?", fragt sie und sieht Mary dabei frappierend ähnlich. "Wirst du dann zu einem richtigen Menschen?"

Ein Pärchen schaut zu uns herüber. Ich schweige. Wir gehen weiter, am Terrarium vorbei zu den Löwen. Ich mag die Löwen, doch sie haben sich hinter ihrem Felsen verkrochen. Keiner ist zu sehen.

"Ich bin ein Mensch", gebe ich zurück und ergreife Glorias Hände. "Aus Fleisch und Blut."

"Dann zeige es mir", fordert sie.

Ich schließe die Augen. Als ich sie wieder öffne, haben sich ihre mit Tränen gefüllt. "Gloria", sage ich eindringlich. "Mit dir habe ich die Zeit meines Lebens, und ich habe nie zuvor so etwas gefühlt. Ich schwöre, das ist die Wahrheit. Aber…"

"Aber was?" Sie reißt sich los, macht mir eine Szene. Tränen fließen über ihre Wangen. Die Leute gehen mit abgewandten Gesichtern an uns vorbei. Niemand mag eine peinliche Situation, ob er nun darin verwickelt ist oder nur Zeuge. Mir bleibt wohl nur eine Möglichkeit.

"Okay! Du willst wissen, wer ich wirklich bin?" Ich beuge mich nach unten und schalte die Fußfessel ab. Da stehe ich, vor dem Löwenkäfig, ein alter, kleiner, aufgedunsener, fast kahlköpfiger Mann.

Zitternd vor Entsetzen legt sie die Hand auf ihre Wange und weicht zurück. Ihre Zähne schreddern vorwurfsvolle, untröstliche Worte: "Du bist nicht echt! Nicht echt!"

Sie lässt mich vor der anwachsenden Menschentraube stehen. Während ich ihr nachschaue, tritt der Löwe majestätisch hinter dem Felsen hervor. Glück für mich, denn die allgemeine Aufmerksamkeit wendet sich ihm zu. Ich nutze die Gelegenheit und mache mich aus dem Staub.

Am Montag suche ich Ted in seinem Büro auf.

"Danke für ihren Bericht", sagt er und lächelt mit der gleichen Unverbindlichkeit wie beim letzten Mal. "Sehr aufschlussreich. Übrigens haben die anderen Probanden ebenfalls positiv reagiert. Und da wir das Problem mit dem sichtbaren Transmitter inzwischen gelöst haben, steht der Markteinführung des Ego-Boosters^{TM} nichts mehr im Weg."

Ich druckse, winde mich hin und her, dann fährt es aus mir heraus: "Ted! Es gibt nichts Besseres als diesen Booster. Können sie ihn mir nicht überlassen? Vielleicht noch ein, zwei Wochen."

Ein Hubschrauber fliegt nahe der Glaswand vorbei. Ted wartet, bis der Motorenlärm abebbt. "Wie ist ihr Kontostand? Wie viel würde ihr Auto einbringen? Sind sie kreditwürdig? Wenn sie alles zusammenkratzen, reicht es vielleicht für unser Jahresabo: Ego-Booster 365". Die drei Ziffern spricht er englisch aus.

Ich rechne stumm und knirsche dabei mit den Zähnen. Ja, es würde reichen - gerade so. In euphorischer Stimmung verabschiede ich mich. Eine junge Frau lächelt mir auf dem Gang zu, makellos schön, perfekte Haut, glänzende Haare, ein schlanker, dennoch wohlgeformter Körper in einem fantastischen Kleid. Ich erkenne ihr Gesicht. Gerade eben habe ich es auf einem Foto gesehen, eingerahmt auf Teds Schreibtisch.

Lächelnd gehe ich an ihr vorbei, die Treppe nach unten durch die hohe, schwere Tür nach draußen. Auf der Straße atme ich die frische Luft einer verheißungsvollen Zukunft ein. In wenigen Wochen werden Unmengen schöner Menschen hier wandeln, mit oder ohne den Ego-Booster^{TM}. Nicht echt? Von wegen. Sogar besser als jedes echte Ding.

***

Teil II

Defekt!

"Hallo!"

Im Keller der Leichenhalle war es kälter als in einem Gefrierschrank. Jedenfalls kam es Nadja so vor. Da ihr eigener Gefrierschrank nicht mehr richtig funktionierte, dachte sie einen Moment darüber nach, ihre Tiefkühlpizzen herzubringen und in eines der Schubfächer zu legen. Aber wahrscheinlich war keines frei. Die Menschen starben wie Fliegen.

Eine Tür klappte. Vom verglasten Bürokasten am Ende des langen Raumes kam eine Frau auf sie zu, deutlich älter als Nadja. Sie hatte weißes Haar, trug einen Kittel in passender Farbe und eine Lesebrille halb auf der Nase.

"Professorin Wallenstein!", rief sie und winkte. "Schön, dass Sie es einrichten konnten."

Nadja hörte auf, über ihren Wollpullover zu rubbeln, und ging ihr entgegen. "Professorin Krebs! Natürlich!" Sie streckte die Hand aus. Beinahe wäre sie auf den schmierigen Fliesen ausgerutscht, doch ihre Gastgeberin ergriff rechtzeitig ihre Hand.

"Tut mir leid", entschuldigte sie sich. "Sie kennen ja das Problem mit den Reinigungskräften."

"Wie jedermann", erwiderte Nadja.

"Professor Singha, der Sie hergebracht hat, gestern hat er versuchte, den Boden aufzuwischen. Dabei ist alles noch schlimmer geworden." Professorin Krebs' Schuhspitze zeigte auf graue Schlieren, deren Herkunft Nadja lieber nicht wissen wollte.

"Viel zu tun, was?", erkundigte sie sich, um das Thema zu wechseln.

"Oh, ja! Und viele Neuzugänge. Da drüben in Fach Nummer zwölf liegt ein junger Professor. Ist von der Leiter gestürzt, als er das Dach seines Hauses reparieren wollte. In der drei liegt eine Opernsängerin. Sie hatte versucht, Fischsuppe zuzubereiten. Ging leider schief. Ihren Mann hat es auch erwischt, liegt in Fach siebzehn. Er war ein berühmter Professor für Sprachtheorie, über sein Fach hinaus bekannt."

Nadja grinste.

"Ja! Jetzt nicht mehr." Professorin Krebs grinste ebenfalls. "In seinen Büchern behauptete er, nur mithilfe einer neuen Sprache ohne toxische Begriffe wie 'Handwerker' oder 'Reparatur' würde wir die momentanen Probleme lösen können."

"Bescheuerte Theorie." Nadja schüttelte den Kopf. "Apropos Theoretiker. Wird Professor Enstein dem Experiment beiwohnen?"

"Frank? Klar! Er ist der Vater des Verfahrens. Er sollte gleich ..."

Die Klingel gab ein müdes Rattern von sich.

"Feste drücken!", brüllte Professorin Krebs.

Nach ein paar Schulterstößen öffnete sich die Tür. Ein wenig ansehnlicher Mann mit Dreitagebart bugsierte umständlich eine Kiste hindurch, ihm folgte ein weiterer Mann mit einem Rollwagen und eine Frau. Sie alle trugen Laborkittel.

"Professorin Yuko, Professor Leibniz, und natürlich Frank." Professorin Krebs klatschte begeistert in die Hände. "Ich begrüße Euch auf das Herzlichste."

"Entschuldige die Verspätung", keuchte Professor Enstein. "Wir haben den Lkw nicht in Gang bekommen." Mit einer anklagenden Kühle schaute er zu Professor Leibniz hinüber. Dem wurde sichtlich unbehaglich, weshalb er den Wagen mit den elektrischen Geräten ein Stück nach vorn schob, ohne zu wissen, wohin er eigentlich gebracht werden sollte.

"Liegt der Kandidat da drin?" Professor Enstein zeigte nach links auf eine weitere Tür. Sie war weiß, eingerahmt von einer weißen Wand. Nadja hatte sie gar nicht bemerkt.

"Ja", bestätigte Professorin Krebs. "Es handelt sich um Professor Koch, einen..."

"Keine Details!" Professor Enstein winkte ab. "Stimmen seine Laborwerte?"

Professorin Krebs bestätigte.

"Dann können wir starten", verkündete Professor Enstein. "Zur Information: Wir werden die Leiche verkabeln, anschließend jagen sie in zeitlich kalkulierten Stößen zehn Ampere Stromstärke bei etwa eintausend Volt durch sie hindurch."

Professor Leibniz nickte heftig, wobei er sich am Bügel des Rollwagens festhielt. "Das entspricht einem Körperwiderstand von einhundert Ohm."

"Ahm", machte Professor Enstein. "Während des Experiments dürfen nur Professorin Yuko und Professor Leibniz im Raum sein. Sicherheit zuerst!" Er winkte und die beiden verschwanden hinter der weißen Tür. Kurz darauf drangen dumpfe Geräusche hindurch.

"Was passiert bei dem Experiment genau?", fragte Nadja und rieb sich wieder über die Arme.

Professor Enstein musterte sie durch schmale Augenschlitze. "Sie sind für die medizinische Nachuntersuchung zuständig, nicht? Nun, meine junge Kollegin! Das Problem der Menschen ist, dass sie zu intelligent geworden sind, um putzen, Fliesen legen oder Waschmaschinen reparieren zu können. Dazu braucht es, wie ich sie nenne, gesenkte Gehirne. Diese Gehirne finden wir in Leichen, die noch nicht lange tot sind."

Der Professor hatte Nadjas Frage nicht beantwortet, doch sie schwieg. Offenbar hielt er sie für unfähig, seine Theorie zu verstehen.

Plötzlich zischte und knallte es. Grelles Licht blitzte durch die Türschlitze.

"Eigentlich sollten sie dicht sein", grummelte Professorin Krebs.

Die Türflügel öffneten sich und Professor Leibniz erschien. "Ein voller Erfolg!", rief er aus und führte Professor Koch triumphierend in die Halle. Der schwankte, doch nach ein paar Schritten ließ er seinen Bewacher los und stolperte auf Professor Enstein zu.

"Gebt ihm den Wischeimer, schnell!", befahl er. Professorin Yuko brachte das Utensil, stellte es vor Professor Koch auf und versteckte sich sofort wieder hinter ihrem Kollegen.

"Sollte ich nicht lieber erst …", fragte Nadja zögernd.

"Ach was!" Professor Enstein winkte ab. "Sehen Sie doch!"

Professor Koch bückte sich tatsächlich, ungelenk zwar, doch es gelang ihm, den Lappen aus dem Seifenwasser zu fischen. Ungläubig betrachtete er das tropfnasse Ding, dann warf er es zu Boden.

"Er wischt gleich", raunte Professor Enstein.

Es kam anders. Statt gehorsam den Boden zu reinigen, stürzte sich Professor Koch grunzend auf Professorin Krebs. Reflexhaft hob sie die Arme, doch er hatte sein lückenhaftes Gebiss bereits in ihre Kehle gerammt. Sekunden später krachte ihr toter Körper auf den schlecht gewischten Boden. Erst jetzt begann Professorin Yuko zu schreien. Die beiden Männer stürzten zur Außentür und versuchten, sie zu öffnen. Doch sie klemmte. Nadja rannte zum Bürokasten. Drinnen hockte sie sich auf den Fußboden und hoffte inständig, Professor Koch würde sie übersehen. Vergebens. Wenige Sekunden nachdem die anderen verstummt waren, hämmerten seine fleckigen Fäuste gegen die Fensterscheibe.

Nadja zitterte. Verzweifelt hob sie den Blick: Schreibtische, Computermonitore, Papiere, Filzstifte. Nichts, was man als Waffe benutzen konnte.

'Der Defibrillator!', schoss es durch ihren Kopf. Sie stand auf, nahm ihn von der Wand und schaltete ihn ein. Als

Professor Koch die Scheibe einschlug, war sie bereit. Mit aller Kraft presste sie die Elektroden auf seine Brust und feuerte los. Nichts geschah. Kein Zucken, kein Stöhnen, nur lautes Brüllen. Sie erstarrte. Das letzte, was sie sah, war ein kleiner, handgeschriebener Zettel auf dem Gehäuse: "Defekt!"

***

Clark und Lewis

Margret rannte schon wieder los, die Blechkanne in der Hand. Aus dem Kinderzimmer drang ohrenbetäubendes, rasselndes Doppelgeschrei.

"Du könntest das auch mal machen", schleuderte sie Bob beim Vorbeihasten ins Gesicht. "Wenigstens ein Mal."

"Natürlich, Schatz!" Bob steckte seine Pfeife wieder in den Mund, ruckelte seinen Hintern im Sessel zurecht, und senkte seinen Blick wieder auf die Zeitung: Wirtschaftsteil. Margret verschwand derweil im Kinderzimmer. Kurz darauf verstummte das Geschrei.

Mit rotem Gesicht kehrte sie ins Wohnzimmer zurück und knallte die Ölkanne auf den Kaminsims. Um den Marmor nicht zu verschmutzen, hatte sie extra ein Tablett daruntergelegt.

"Sämtliche Gelenke von Lewis waren trocken. Und an Clarks Fuß war ein Kabel eingeklemmt." Sie wischte sich die Hände an ihrer geblümten Schürze ab und ging zurück in die Küchenzeile, um weiter das Abendessen zuzubereiten.

Nach nur fünf Minuten schrie es schon wieder.

"Die Schrauben sind dran." Margret hackte gerade Tomaten klein. "Also! Hopphopp, Bob!"

Bob ärgerte sich, wenn sie ihn so neckte. Doch er legte Zeitung und Pfeife gehorsam beiseite und erhob sich. Im Kinderzimmer holte er den hellblauen Werkzeugkasten hervor und suchte die passenden Schraubenschlüssel heraus. Das war nicht schwer, denn abends lockerten sich immer die gleichen Schrauben.

"Nur ein paar Grad drehen", sagte Bob zu sich selbst, während er vorsichtig Lewis' Schrauben festzog. Sein Winseln verebbte. Auch Clark belohnte Bobs behutsame Wartung mit Schweigen. Nein, es war nicht nur ein Schweigen, sein metallisches Gesicht lächelte sogar. Bob setzte sich zwischen die beiden Bettchen und streichelte die kahlen Köpfe der Roboterzwillinge. Clarks Lächeln wurde breiter. "Babby!", brabbelte er blechern. Er war ganz klar Bobs Lieblingskind.

"Das Essen steht auf dem Tisch", rief Margret und klapperte demonstrativ mit den Tellern.

"Ich habe noch zu tun", erwiderte Bob mit wichtiger Stimme und lächelte seinen beiden Jungs zu.

"Du bist stolz auf sie, nicht?" Margret stand im Türrahmen und grinste.

"Natürlich. Es sind Prachtjungs.

"Sie sind jetzt die einzige Wahrheit in unserem Leben."

"Absolut, ja", stimmte Bob zu und stand auf. Er drückte zuerst Clark, dann Lewis einen Kuss auf die kalte Stirn, dann ging er zu seiner Frau hinüber. Ihre Hände fanden sich. Mit leuchtenden Augen schritten sie ins Wohnzimmer und nahmen am Esstisch Platz. Sie aßen zügig. In einer Stunde stand die Wartung der Elektronik an.

**

"Die Babyparty war ein absoluter Erfolg. Und der Tipp von den Millers war mehr als hilfreich."

Bob nickte. "Dass man das Upgrade P7 jetzt schon installieren kann, nach dieser kurzen Reifezeit, zu dem Preis? Mann, wer hätte da draufkommen sollen?"

"Die Franks, die Rowlands, die Chapcos und die Futtermans haben es inzwischen auch installiert. Sie sind absolut zufrieden."

"Kein Wunder! Kein Geschrei mehr, kein Gerenne, kein Stress."

Lächelnd blickten die Eltern auf ihren mechanischen Nachwuchs, der sich kichernd und klappernd auf dem Boden des Kinderzimmers tummelte. Ein selbst gebautes, batteriegetriebenes Lego-Auto mit Fernsteuerung surrte zwischen ihren Beinen hindurch. Seit dem Upgrade P7 führten sie nicht nur ihre Wartung selbst durch, sie hatten außerdem einen massiven Schub erhalten, was Geschicklichkeit und Intelligenz betraf.

"Eine vollkommen neue Wahrheit, nicht?" Bob grinste.

"Jede Wahrheit, die du willst, Liebling: Kino, Tanzen, Baseball. Und natürlich - du weißt schon." Langsam schob Margret ihre blass-rot lackierten Fingernägel unter sein Jackett.

**

Margret jammerte leise. Die Kanten der Handschellen hatten ihre Handgelenke aufgescheuert.

"Bob! Hey Bob!", ächzte sie. Ihre Stimme klang brüchig.

"Schatz?", fragte Bob, wobei er sich zusammenriss, stark und männlich zu klingen.

"Wir hätten es nicht tun sollen." Margret versuchte, sich auf die Seite zu drehen. Das Ehebett knirschte und quietschte. Als sie es endlich geschafft hatte, raste ihr Herz. "Nein, das hätten wir keinesfalls tun sollen", gab Bob zurück, als er ihre kurzen Atemzüge in seinem Gesicht spürte.

"Es war meine Schuld. ICH wollte das Upgrade S3A."

"Ich wollte es doch genauso. So wie die Millers, die Franks, die Rowlands, die Chapcos und die Futtermans."

Margret seufzte. "Sicher liegen sie jetzt auch in ihren Betten, gefesselt, mit Injektionsschläuchen in den Armen."

87

Bob zuckte liegend mit den Schultern. "Dabei sollten uns die Kinder nur ein wenig im Haushalt helfen, den Rasen im Vorgarten mähen, das Auto waschen und nach dem Öl sehen, das Garagentor reparieren. Das ist doch nicht zu viel verlangt."

"Und jetzt stehen wir komplett unter ihrer Fuchtel. Toilette, Waschen, Laufband und ein paar Minuten am offenen Fenster stehen, das ist alles, was sie uns erlauben. Sie leiten dieses Zeug in uns rein, füttern uns mit irgendwelcher Nahrung, die angeblich gesund für uns ist. Doch in Wirklichkeit raubt sie uns jede Widerstandskraft.

"Diese verdammten, kleinen Metallscheißer."

"Sei still", warnte Margret. "Es ist Laufbandzeit."
Bob hielt den Atem an. Eine Sekunde später flog die Tür auf.

"Liebe Mutter, lieber Vater!", blecherte Clark.

"Wart ihr denn auch artig?", erkundigte sich Lewis, wobei die Servomotoren seine Gesichtsfragmente zu einer ernsten Miene arrangierten. Die Erweiterung des Wortschatzes und der Mimik hatte es zum Upgrade S3A kostenlos obendrauf gegeben.

Margret nickte sofort. Mit dem Ellenbogen stieß sie Bob an, der nun ebenfalls nickte.

"Gut! Für eure Gesundheit geht ihr jetzt auf das Laufband. Jeder eine halbe Stunde. Danach gibt es einen Drink mit Vitaminen, Proteinen und Ballaststoffen. Entsprechend Eurem Alter. Clark bereitet ihn für Euch zu."

Clark klapperte gehorsam durch die Tür und die Treppe hinunter.

Bob schnaufte. Er wollte sich das alles nicht mehr gefallen lassen. "Wir sind doch keine Tiere. Das ist unser Zuhause, kein Zoo", rief er empört.

Lewis stemmte die Hände in die Hüften. Das Licht der Deckenlampe schimmerte in seinen chromglänzenden Armen. "Ihr wollt also nicht artig sein?" Er stieß ein ohrenbetäubendes Kreischen aus, wie eine Kreissäge, über die ein hartes Holzscheit geschoben wird. Jemand polterte die Treppen nach oben. Ein Lärm aus scheppperndem Blech, als ob ein ganzer Ritterorden das Haus einnehmen wollte. Es waren Priscilla und Memphis, die Roboterkinder der Futtermans. Bedrohlich traten sie an das Ehebett.

"Wenn ihr nicht wollt, müssen wir euch zu der Übung zwingen", verkündete Lewis mit ruhiger Blechstimme. "Zu eurem eigenen Besten. Alles, was wir tun, ist zu eurem Besten."

"Schon gut, schon gut." Bob hob die Hände, soweit es die Handschellen zuließen. Daraufhin flüsterte Lewis den beiden anderen Metallkindern etwas zu. Sie traten zurück.

Lewis öffnete Bobs Fesseln, entfernte vorsichtig die Infusionsnadel und überklebe den blutroten Punkt auf seinem Arm mit einem Pflaster. Er half ihm beim Aufstehen und führte ihn zum Laufband vor dem Fenster. Dort achtete er darauf, dass Bobs Körper eine gerade Position einnahm. Dann schaltete er die erste Stufe ein. Der Motor surrte und Bob fing an zu laufen.

'Wir sollen hier also versauern', dachte Margret, während sie Bob bei seiner Übung beobachtete. Er trabte vorwärts, Schritt um Schritt, ohne wirklich voranzukommen.

"Nicht mit mir!", flüsterte sie, dann rief sie, so laut sie konnte: "Hey Lewis. Hier spricht deine Mutter."

Der Roboter drehte sich um.

"Du sollst also für das Wohl deiner Eltern sorgen, ja?"

"Klar", erwiderte Lewis ruhig. "So besagt es Upgrade S3A."

"Dann schau dir das hier an!" Sie hob ihre blutigen Hände, wobei die Handschellen gegen die Haken schlugen, an denen Lewis sie festgemacht hatte. "Schau, was du in Wirklichkeit mit mir angestellt hast."

Bob trabte und keuchte dabei vor Anstrengung. Ihm war nicht entgangen, was seine Frau da versuchte. Inzwischen trat Lewis ans Bett und seine leuchtenden Knopfaugen inspizierten Margrets Handgelenke. Plötzlich wich er zurück.

Auch Priscilla und Memphis fuhren zusammen. Alle drei schüttelten ihre metallenen Köpfe. Es rasselte darin, als würden lockere Schrauben aus Gewindelöchern purzeln. "Ihr gottverdammten Idioten!", kreischte Margret. "Ihr habt keine Ahnung, wie man Menschen behandelt. Wir können froh sein, dass ihr uns nicht Schmieröl statt menschlicher Nahrung verpasst habt. Ihr seid absolut nutzlos, fehlprogrammiert, unreif, eine Gefahr für eure Eltern." Stichflammen schossen aus Ohren der Roboterkinder. Es folgte Qualm, schwarzer Qualm. Beißender Geruch verschmorter Leiterplatten breitete sich aus. Starr und schweigend standen sie im Zimmer, die leuchtenden Lampenaugen verblassten, die rußgeschwärzten Köpfe kippten nach unten. Sie hatten ihre kurzen Roboterleben ausgehaucht.

Bob ließ sich vom Laufband nach hinten rollen. Beinahe wäre er auf den Teppich gestürzt, doch er fing sich noch rechtzeitig ab. Hastig fummelte er die Schlüsselkette von Lewis Hals und öffnete Margrets Handschellen.

"Gott sei Dank! Gott sei Dank!", wiederholte er ständig. Er tat es im Flüsterton, immerhin war Clark noch im Haus. Margret setzte sich auf und befreite sich von der Infusionsnadel. "Hast du noch die 357er unter dem Bett?", fragte sie.

Bob ging auf die Knie. Kurz darauf hielt er die Waffe nach oben und ließ sie aufschnappen. "Da sind noch Teilmantelpatronen drin sein. Sechs Stück, volles Magazin. Und in der Garage im Werkzeugschrank stehen noch zwei volle Schachteln."

"Dann tu es!", befahl Margret und wischte sich mit dem Handrücken über den Mund.

Bob nickte erneut. Er nahm die Magnum in Vorhalte und spannte den Hahn.

'Das Ding ist die einzige Wahrheit, die jetzt zählt', dachte er und ging durch die Tür.

***

Cats Antitox

"Charly! Da draußen sind welche!" Magda zeigte gehetzt auf die halb zerstörte Tür, die in ihren Angeln hing wie ein Betrunkener am Pfahl einer Laterne. Panik verzerrte ihr Gesicht, Schweißperlen bedeckten die Haut und funkelten im Nachmittagslicht, das durch die zersplitterten Fenster des Supermarktes fiel.

Charly vernahm ein leises Piepsen. "Tatsächlich!", murmelte er und legte den Finger an seine Lippen. "Psst!"

"Wenn sie hereinkommen, musst Du sie kaltmachen", zischte Magda. Sie hockte, die 9 Millimeter Smith & Wesson kraftlos in ihrer Hand, neben dem leer geräumten Regal für Gemüsekonserven. Für Menschen gab es kaum noch etwas in Bratville/Alabama. Häuserruinen, Autokadaver, Leichen und Angst bestimmten den Alltag. Magda und Charly hatten nur deswegen so lange überlebt, weil sie gute Verstecke kannten.

"Für diese Monster sind wir nicht mehr als Mastschweine." Charly stemmte den Kolben seines alten, aber noch immer zuverlässigen M 16 gegen die Schulter und richtete es auf die Tür. "Komm nur, du Miststück!"

Die Mäuse waren weiß wie Schnee. Charly feuerte sofort, als er sie um die Ecke kommen sah, doch die Tierchen wichen jeder einzelnen Kugel aus. Der Virus hatte die possierlichen Nager in wahre Superviecher verwandelt. Laborunfall? Der Witz des Jahres. Man hat sie so gezüchtet, mit Gentechnik, höchstwahrscheinlich im Auftrag der Regierung.

Eines der Mäuschen stand plötzlich neben ihm. Es riss das Schnäuzchen auf und sprang. Während seines Fluges troff Gift von seinen winzigen Zähnchen, die es unbarmherzig in Charlys Hals rammte.

"Verdammt, Charly!", brüllte Magda hysterisch.

Das Gift drang blitzschnell in seine Haut ein. Gelähmt ging er zu Boden, wobei er sich schmerzhaft den Arm prellte. Nein, sein Empfindungsvermögen war nicht beeinträchtigt, genauso wenig wie sein Verstand. Die Muskeln hatten sich allerdings versteift wie die einer Leiche. Nicht einmal am Abzug seines geliebten Sturmgewehrs vermochte er zu ziehen. Fieberhaft dachte er nach. In den vergangenen Wochen hatte er einige Menschen in diesem Zustand beobachtet - aus sicherer Entfernung, versteht sich. Sie lagen da wie tiefgefroren, ihre Augen rollten panisch in den Höhlen. Wenn es stumme Schreie gab, dann sahen sie genauso aus. Für gewöhnlich versammelten sich die Mäuse um ihre Körper und nagten an ihnen herum. Wenn sie satt waren, putzten sie ihre Schnurrhaare und trollten sich. Irgendwann ließ auch die Wirkung des Giftes nach und das Opfer humpelte - falls es noch nicht verblutet war - orientierungslos durch die Straßen, bis es irgendwann vom nächsten Rudel angegriffen wurde.

Charly konnte im Moment nicht mehr tun, als zu hoffen,

dass Magda von den Zähnen der Schneemäuschen verschont bliebe. Glücklicherweise waren sie nicht besonders helle oder zu hungrig, um einem anderen Instinkt als dem Fresstrieb zu folgen. Jedenfalls schenkten sie Magda keinerlei Beachtung. Stattdessen krochen sie schnüffelnd auf Charlys Brust und von da aus auf sein Gesicht. Die linke Wange schien der kleinen Versammlung besonders schmackhaft. Langsam, beinahe sanft rissen sie kleine Fleischstückchen heraus. Charly durchzuckte ein unvorstellbarer Schmerz, schlimmer als jede Folter, die er in Vietnam hatte ertragen müssen. Er keuchte. Tränen schossen in seine Augen. Irgendwie gelang es ihm, den Schleier wegzuzwinkern und seine Pupillen in Magdas Richtung zu bewegen.

'Verdammt!', flehte er innerlich. 'Erschieß die Viecher endlich.'

Sie hockte noch immer auf dem Boden und zitterte vor Angst. Als Charly sich vorstellte, wie sie in diesem Zustand eines der winzigen Tierchen auf seiner Brust anvisierte, nahm er seinen Wunsch sofort zurück. Doch es war zu spät. Der Schuss peitschte durch den Verkaufsraum, aber er traf weder die mampfenden Mäuschen noch Charlys Lunge. Stattdessen flog die Kugel an endlosen Regalreihen mit billigem Spielzeug entlang und landete in die Stirn des rauchenden Cowboys über der leeren Zigarettenauslage. "Komm ins Land der Freiheit!", forderte die Westernschrift auf dem Plakat.

Den Mäuschen wurde klar, dass sie etwas unternehmen

mussten. Sie ließen von Charly ab und stürzte sich auf Magda. Die kreischte: "Hilfe, Charly, warum hilfst Du mir nicht?" Eigentlich hatte sie ja gesehen, warum er nichts tun konnte.

Sekunden später lag Magda flach auf dem Rücken. Angelockt von ihrem Geschrei trippelten weitere Mäuse durch die Tür des Supermarktes, gierig fiepend. Sechs von ihnen leckten über Magdas kaum noch vorhandenes Bauchfett, die anderen kauten an Charlys Hals und den Oberarmen.

Magda war überzeugt, dass sie nicht überleben würde. Bald wäre Bratville/Alabama "menschenfrei" und die weißen Fellknäuel stünden allein an der Spitze der Nahrungskette. Doch, was war das für ein Geräusch? Sie lauschte. Es klang hell und melodisch, allerdings schief wie eine verstimmte Geige: "Miau! Miau!". Mit einer übermenschlichen Kraftanstrengung richtete sie ihren Blick auf das zerstörte Schaufenster. Und traute ihren Augen nicht. Ein Rudel Maine Coon Katzen stürmte auf sie zu, und zwar mit Höchstgeschwindigkeit. Stören ließen sich die Mäuse davon nicht. Sie fraßen sich weiter in Magdas Bauch wie Piranhas. Erst als messerscharfe Katzenzähne vor ihren spitzen Schnauzen auftauchten, stellten sie sich zum Kampf. Es zeigte sich, dass ihr Gift den Kampfkatzen nichts anhaben konnte. Offensichtlich waren sie mit einer Impfung behandelt worden. Als den Mäusen ihre Unterlegenheit klar wurde, flohen sie blindlings über die Regale. Dabei kippte eine Säule mit dürren Büchlein von Louise Glück um, in der nicht ein einziges fehlte.

Erst jetzt fiel Charly auf, dass die dunkelgrauen Minitiger kleine Fässchen um die Hälse trugen, so wie man es von den Bernhardinern der Bergrettung kennt. Natürlich waren sie deutlich kleiner, außerdem bestanden sie aus durchsichtigem Kunststoff. Langsam trat eine Katze an Charly heran und beugte sich über sein malträtiertes Gesicht. Sie hob das Pfötchen und bugsierte den Schlauchstutzen, der seitlich aus dem Fässchen hing mit einer beeindruckenden Routine in seinen Mund. Sie schien darauf abgerichtet worden zu sein. Drei Sekunden später löste sich Charlys Lähmung und er brüllte los, das Gegengift brannte höllisch in seiner Kehle. Nach drei weiteren Sekunden raubte ihm der Schmerz das Bewusstsein. Magda verkraftete die Behandlung zwar besser, dafür wurde ihr übel.

"Was, verdammt noch mal, ist da drin?", stöhnte sie. Spuckend richtete sie sich auf. Auf den Fässchen klebte ein Etikett, die Bezeichnung des Medikaments war deutlich lesbar: "Cats Antitox, 70 % vol."

In der Ferne dröhnten Jeep-Motoren. Die Army brauste heran.

***

Brief an Theodor Körner

Mein lieber Körner, teuerster Freund,
Vier Jahre ist ER nun schon unter der Erde und ich versichere Ihnen aus tiefstem Herzen, dass ich ihn vermisse wie keinen zuvor. Wer kann IHN wohl an der Seite des hochverehrten Geheimrats ersetzen? Nun, ich werde es nicht sein, das steht endgültig fest. Aber stellen Sie sich bitte nicht vor, dass ich voller Selbstmitleid in der böhmischen Provinz hocke, tränenüberströmt an einem kargen Holztisch bei Wasser und Brot. Nein! An jedem Tag unseres Aufenthaltes genießen wir das Frühlingswetter und unternehmen gern Spaziergänge zum Schlossgarten. Ich muss sagen, unter der geschickten Hand seiner Durchlaucht, des Fürsten von Clary und Aldringen, ist die Anlage zu ansehnlicher Blüte gelangt, dieser Tage im wahrsten Sinne des Wortes. Wir, das sind meine Wenigkeit und der hochgeschätzte Friedrich Dahlmann, dessen gute Laune durchaus mit den sonnigen Pflanzenfarben des Gartens mithalten kann. In ihm habe ich einen kurzweiligen Reisebegleiter gefunden, nicht nur um seines freudvollen Wesens willen, sondern wegen des prächtigen Wissens über deutsche Geschichte, an dem er mich eifrig teilhaben lässt. Es ist eine Lust, zuzuhören, wie bildhaft er die Ereignisse schildert. Es mutet beinahe, als sei er selbst dabei gewesen.

Trotz dieser Zerstreuungen gebe ich zu, dass ich täglich, nicht selten voller Wehmut, an Dresden zurückdenke. Und natürlich an Sie, lieber Freund. Warum aber schreibe ich Ihnen diesen Brief? Nun, ich will es geradeheraus sagen:

Die Zeit ist gekommen, da ich Ihre großzügige Offerte annehmen möchte. Vor Jahresfrist boten Sie mir an, als Vertrauensperson zu fungieren, nicht wie ein Beichtpriester, sondern als eine verwandte Seele. Damals zögerte ich, wohl wissend, dass Ihr Gefühl Sie nicht betrog. Es ist wahr: Nur Sie können wirklich verstehen, warum ich die Dinge tun musste, von denen bisher niemand Kenntnis erlangte, und die auch nicht ans Licht kommen dürfen. Um mir das zu verbürgen, beanspruche ich den Schwur, den Sie unter Tränen leisteten, als ich in ebensolcher Trauer, widerwillig, ihr zärtliches Angebot ausschlagen musste.

Doch lassen Sie uns zuvor gemeinsam in die Vergangenheit blicken. Vielleicht erinnern Sie sich daran, als ich Ihren Vater zum ersten Mal in der Moritzstraße besuchte. Ich muss Ihnen wie ein Raubein erschienen sein. Nun, es war kein Wunder, denn wie Sie wissen, kam ich geradewegs aus der französischen Kriegsgefangenschaft. So sehr mir das Lager in der Champagne auch zusetzte, so sehr half es mir dabei, mich auf die wichtigen Dinge zu besinnen. Diese Dinge lassen sich in einem einzigen Begriff zusammenfassen: Leidenschaft. In meiner Zelle in Fort de Joux fielen mir all die klugen Worte wieder ein, die ich bei Immanuel Kant gelesen hatte. Kein Mensch kann die Dinge, wie sie sind, jemals erkennen. Sie zu erkennen bedeutet, dass er mit ihnen in die Werkstatt zu gehen hat und sie dort mit Hammer und Beitel nach seinen vorgefassten Ideen in eine Form bringt, die sie gar nicht besitzen. Die Wissenschaft macht durch ihre zerstörerische Analytik alles nur noch schlimmer. Doch es gibt eine Hoffnung, eine Ausnahme: die Erkenntnis der Person durch die Person selbst.

Ach, mein Herr Körner! Wie unsäglich war das Glück, das ich in dem Bewusstsein fand, meine wahre Bestimmung *ganz* nach der Natur zu erfüllen, meiner Natur. Das, mein Lieber, sollte seither mein Lebensziel sein. Zunächst hoffte ich sogar, dafür all die Verhältnisse abwerfen zu dürfen, die mich unaufhörlich zwingen zu streben, nachzustellen, zu beneiden, zu wetteifern, Lust zu gewinnen um den Preis noch größeren Leids. Ein Trugschluss. In Châlons-sur-Marne, wohin man mich nach vier Wochen Haft in Fort de Joux überstellte, kam ich zu der Überzeugung, dass man sich nur selbst finden kann, indem man leidenschaftlich ist. Die Leidenschaft schmilzt Raum und Zeit zu einem einzigen Punkt zusammen und nur dort kann sich ein Mensch erfassen.

Nach meiner Entlassung machte ich mich sogleich daran, den Plan zu verwirklichen. Dafür, mein glücklicher Körner, suchte ich mir Ihre schöne Heimatstadt aus. Nur Geld besaß ich keines und meine Schwester Ulrike verwehrte mir jede Unterstützung. Aber es gab einen Ausweg. Der gnädige Freiherr vom Stein rief jener Tage alle Dichter dazu auf, Bulletins, Journalartikel, auch Bücher gegen die Besatzung unseres lieben Vaterlandes zu verfassen. Sie sollten vor allem in den Teilen des Reiches verbreitet werden, wo man Napoleon freundlich gesinnt sei. Für die Stücke würde man reichlich entlohnt werden, wie zu lesen war, aus der Schatulle des englischen Premierministers persönlich. Freilich war ich an solch Buchstabengeschützen nicht interessiert. Aber in Dresden gab es genügend junge Männer, die mich in der Rampischen Gasse aufsuchten, um sich mit einer Veröffentlichung im *Phöbus* den einen oder anderen Gulden zu verdienen. Viel Passendes war dabei, Tapferkeit und Heldentum, doch hölzern und eckig verpackt wie in einer Waffenkiste. Auch Stümpereien und Pfuscharbeit. Ich kann mich noch sehr gut an einen der jungen Dichter erinnern, ein wirklicher Dilettant, kaum des Schreibens kundig. Sein Gedicht ging so:

Haut dem Franzmann eine Beule,
in den schiefen Kopf hinein,
nehmt dafür die Eisenkeule,
so wie die Germanen einst.

Ich belustigte mich derart schamlos über das Machwerk, dass der Junge schluchzend im Boden versinken wollte. Nun, vielleicht war ich ein wenig hart zu ihm. Aber er hatte mich in übelster Laune erwischt. Denn wie ich mich auch anstrengte, ich kam einfach nicht voran. Leidenschaft nur beim einsamen Schreiben, ohne äußere Inspiration, ohne wirkliche Erlebnisse zu entfachen, schien nicht der richtige Weg zu sein. Ich ahnte, dass einen Spiegel nötig hat, wer sich selbst betrachten will.

Da saß ich also, böse lachend, beide Arme über die Lehne des Sofas gebreitet. Der Junge stand geduckt im Wohnzimmer, genauer gesagt, am Fenster und hielt das beschriebene Papier traurig ins Sonnenlicht. Gerührt von seiner Zerbrechlichkeit erhob ich mich und nahm ihn in meine Arme. Ich tupfte seine Tränen behutsam mit dem

Schnupftuche ab, es war seit dem Morgen unbenutzt geblieben. Glücklicherweise beruhigte er sich. Das Schluchzen erstarb und als ich ihn losließ, warf er mir ein dankbares Lächeln zu. Plötzlich überkam es mich. Ich küsste seine Stirn, seine Wangen, seine Lippen. Er wehrte sich nicht. Also zog ich ihn auf die Polster, wo ich ihn zu meinem Spiegel machte. Entschuldigen Sie, lieber Körner, dass ich Ihnen solche Details zumute. Aber sie sind nötig, damit Sie verstehen.

Nach unserer Schäferstunde, als das es sich in seinem Verlaufe herausstellte, hatte ich fürs Erste genug zum Schreiben. Doch bald merkte ich, dass es nicht ausreichte. Da war etwas in meinem Innern, das sich nicht enthüllen mochte. Mir blieb daher nichts anderes, als den Jungen für die kommenden Wochen wieder einzubestellen. Obwohl er jedes Mal pünktlich erschien wie ein preußischer Portepeefähnrich, verschaffte mir nichts, was ich mit ihm anstellte, den erhofften Einblick. Ich verzweifelte, tobte, weinte und warf mich auf den Boden. Am Ende erschien mir das Leben selbst aussichtslos und ich beschloss - ich bitte Sie, jetzt nicht vor dem Weiterlesen zurückzuschrecken - ihm ein Ende zu bereiten.

Vor dem jungen Mann konnte ich meine Absichten nicht verbergen, zu eng waren wir miteinander verwachsen. Zuerst schwieg er darüber, doch schließlich bat er mich mit rührend ernster Miene, den Tod mit mir teilen zu dürfen. Sie kennen mich. Keine meiner Reisen unternehme ich gern allein. Also begaben wir uns in der folgenden Nacht an das Elbufer, in der Nähe der Augustusbrücke. Eigentlich hatten wir uns darauf geeinigt, dass ich ihn zuerst erschießen und mir dann selbst das Leben nehmen sollte. Er war katholisch, verstehen Sie? Doch als wir uns gegen elf Uhr trafen - die Nacht war außergewöhnlich kalt und Nebel hatte sich über dem Flussufer gesammelt - übergab er mir ein langes Messer.

"Von meinem Vater!", gestand er und seine Kehle verschnürte sich dabei.

Das Laternenlicht offenbarte, dass es sich um einen Dolch von der Machart handelte, wie ich sie vor Jahren bei französischen Offizieren sah. Mir wurde sofort klar, dass sich mit diesem Exemplar eine tragische Geschichte verband, doch ich fragte nicht nach. Es gab keine Zeit zu verlieren. Ich wies meinen Begleiter an, am Wasser Aufstellung zu nehmen, und schnitt ihm, ohne zu zögern, mit dem Messer des Vaters die Kehle durch. Blut besudelte meinen Mantel und die weißen Rüschen zwischen den Aufschlägen, was mir gleichgültig blieb. Schließlich hatte ich ja die Absicht, mich durch einen Schuss in den Kopf selbst zu richten.

Nichts dergleichen. Als die französische Klinge seine Halsadern schlitzte, erfasste mich eine plötzliche Leidenschaft, die mir damals so erschien, als ob ich sie noch nie erlebt hatte, mein Herz überwältigend, mich zitternd vor Erregung den Dolch wuchtig in die Brust des röchelnden Jünglings rammend, immer und immer wieder auf ihn einstechend, bis sie in wollüstiger Inbrunst meine Kräfte aufgezehrt hatte. Befriedigt ließ ich ihn auf den schlammigen

Uferboden gleiten, voll sanfter Gefühle. Nur konnte er so nicht liegen bleiben. Also fasste ich die Arme und zog die Leiche in den Fluss. Den Dolch wusch ich ab, wickelte ihn in meinen Mantel und verschwand spornstreichs, aber leise, vorbei an Häuserecken und Säulen, die ich zur Deckung nutzte, vor dem schlafenden Schicksal weichend, über das Pflaster der Stadt. Niemand war in der Nähe, niemand hatte meine Tat bemerkt. Unbehelligt kam ich heim und wusste im Zimmer weder ein noch aus. Ich ging herum mit geballten Fäusten und schlug sie mir immer wieder gegen die Stirn. Es schmerzte und dröhnte in meinem Kopf und plötzlich fiel mir ein, was ich zu tun hatte. Ich setzte mich an den Schreibtisch und brachte im schummrigen Licht der Lampe unglaubliche dreißig Seiten fertig. Und da stand es schwarz auf weiß: mein Geheimnis.

Dass ich eine Lust wie jene nie erlebt habe, entspricht keinesfalls der Wahrheit. Tatsächlich spürte ich sie an jedem Tag, den ich vor langer Zeit im Kampfe gegen die Franzosen verbrachte. Ihr Feuer befriedigte mich damals genauso wie heute, dabei kam sie mir so drückend, so überwältigend vor. Nein, *ich* kam mir erdrückend und überwältigend vor. Mich schauderte vor mir selbst. Diese Furcht war der Grund, warum ich meinen Dienst quittierte. Danach hat mein armes Herz die Erinnerung wohl einfach in sich verschlossen, doch als das Blut des Jungen über die Klinge rann, öffnet sich meine Brust und ließ die so lang eingeschlossene Leidenschaft frei. Ich hoffe, mein liebster Körner, dass Sie noch bei mir sind und verstehen, wie wichtig dieses Ereignis war. Ohne jenes hätte ich die Wahrheit niemals erkannt.

Sie werden fragen, welchen Wert die kriegerische Leidenschaft besitzt, der ich einst frönte. Nun, sie vermag unglaubliche Veränderungen in den Menschen zu bewirken. Schwache Jünglinge sah ich stark werden, rohe weichherzig, feinsinnige stumpf wie Findlingssteine, unempfindliche zärtlich wie Verliebte. Viele Wesen erlitten schnell eine große Reform, gar eine Revolution an der Seele. Inzwischen bin ich freilich überzeugt, dass die gewalttätige Leidenschaft gegenüber der zärtlichen die bessere Leidenschaft ist. Zärtlichkeit vermischt die Menschen miteinander, weshalb sie sich selbst niemals ergründen können.

In den folgenden Monaten, eigentlich bis zum Ende des Jahres, setzte ich meine Suche fort. Immer schärfer wollte ich die Zeitlinse schleifen, immer dichter den Raum zusammenpressen. Ich weiß gar nicht mehr, wie viele Menschen ich dafür umbrachte und bei welchen Gelegenheiten. Der eine, der ist mir freilich im Gedächtnis geblieben. Auf dem Weißen Hirsch erschien er mir, des Nachts, ein Schatten. Ich erschlug ihn in einem bemerkenswerten Gemenge aus Angst und Lust. Nur ging es nicht so schnell. Verwundet ward er gleich von meinem ersten Hammerhieb, ich traf ihn am Gelenk, wo Arm und Rumpf verbunden sind. Das Blut, das heftig floss, ließ ihn zu meinen Füßen sinken. Jedoch, als mich der Blick aus seinen Augenhöhlen streifte, obschon mein mörderisches Begehren auf guten Gründen beruhte, fühlte ich dennoch, fast zu leise, dass ich nicht sogleich die Forderung, in jenem Augenblick dem süßen

Rausch mich hinzugeben, geflissentlich und ohne Zögern umzusetzen hatte; als er mit einem erstaunlichen Schritt aus dem, durch mich ihm zugewiesenen Standpunkt, und der Art mitleiderregender Verschanzung, die sich um seine gebeugten Knie gebildet hatten, heraussprang, über das Haupt seines erstaunten Gegners, mich, dessen Aufmerksamkeit schon gesunken war, und anfing, derbe und ungeschwächte Schläge, denen ich gerade noch auszuweichen wusste, niederschmetterte. Aber schon in den ersten Momenten dieses dergestalt veränderten Kampfs, hatte er ein Unglück, das die Anwesenheit höherer, über den Kampf waltender Mächte nicht eben anzudeuten schien; er stürzte, den Fußtritt in seinen Hosenbeinen verwickelnd, stolpernd abwärts, und während er, unter der Last des golden geprägten Buches, der dumpfen Schlagwaffe, zuvor gegen mich gerichtet, die jetzt seinen Arm beschwerte, mit in den Waldboden vorgestützter Hand, es mit der anderen an sich bergend, in die Knie sank, zog ich ihm, nicht eben auf die edelmütigste und ritterlichste Weise, den Hammer über den Schädel. Mit einem Laut des augenblicklichen Schmerzes, abwehrend die freie Hand erhoben, machte er, das blutige Antlitz rasch mir zuwendend, Anstalten, um sein Leben zu bitten. Aber während er sich mit vor Schmerz gekrümmtem Leibe seitlich auf seinen Ellbogen stützte, dessen Arm das Buch nach wie vor behütete wie einen Schatz, und Dunkelheit seine Augen umfloss, versetzte ich ihm noch zweimal, direkt auf die Fontanelle, heftige Stöße; worauf er, das Gesicht vom schweren Atmen umrasselt, das Buch neben sich fallen ließ. Es war vollbracht. Unter einem dreifachen Tusch riss ich, einem agonischen Sieger gleich, in den nächtlichen Himmel die

Arme, im rechten noch den Hammer, von dem das schattige Blut auf das Laub des vergangenen Herbstes tropfte. Am nächsten Morgen stellte sich heraus, dass ich mein Opfer nicht vollends getötet hatte. Allerdings verstarb der Kerl, wie ich durch behutsame Nachforschungen erfuhr, wenige Tage später an einer fürchterlichen Infektion.

Theodor! Mein guter, lieber Herzensfreund. Bei all diesen Taten war ich, wie Sie sich denken können, sehr vorsichtig. Doch mit ihnen wuchs die Sorge, irgendwann entdeckt zu werden. Das ist der wahre Grund, warum ich Dresden verließ. Gras soll über mein Tun wachsen, bevor ich gelegentlich zurückkehren werde. Ohne Reue, fragen Sie mich? Natürlich ist da noch die Sache mit dem Bösen. Schon mit dem alten Wieland hatte ich die Frage erörtert: Ist ein wahrhaft guter Mensch überhaupt in der Lage, unter dem Einflusse unbändiger Leidenschaft etwas Böses zu tun? Wenn ja, wäre er anschließend noch ein guter Mensch? Oder wäre er ein noch böserer Mensch als jemand, der die gleiche Tat beging, allerdings schon vorher für seine Boshaftigkeit bekannt war? Wieland gab mir keine Antwort, aber ich gebe sie Ihnen: Leidenschaftliche Selbsterkenntnis ist das Gute, erstarrte Feigheit vor sich selbst hingegen das Böse.

Nun, das war nicht alles, wozu mir Dresden verhalf. Ich erinnere Sie an meine Einsicht, dass ein Mensch nur durch die Spiegelung in einem anderen zu sich selbst finden kann. Dass man sich erst durch die leidenschaftliche Tat an jemand anderem in sich selbst sieht. Und jetzt bitte ich Sie, meinen Worten genau zu folgen, denn ein neues Zeitalter beginnt. Es wird die heroische Ära der Individuen ablösen, welche von Alexander, über Cäsar, bis Napoleon die bisherige Geschichte bestimmte. Statt ihrer werden nun die Völker über Europa herrschen, Menschen, die zu einem einzigen Körper mit einem gemeinsamen Willen verschmelzen. Jener Wille besteht ausschließlich darin, sich als Volk selbst zu ergründen, was einem Volk nur durch fanatische, erbarmungslos geführte, restlose Kriege gelingen kann. Denken Sie über die Begriffe nach, lieber Körner: fanatisch, erbarmungslos, restlos.

Ich weiß, Sie verstehen mich, geliebter Freund, denn Sie kennen meine jüngeren Werke. Die Blicke, die mich Ihre Briefe aus Freiberg Ihnen ins Herz werfen ließen, machen mich dessen gewiss. Deshalb darf ich Sie ohne Sorge an dieser Stelle verlassen, dankbar, dass Sie mir zuhörten. Dahlmann wird in Kürze von seiner böhmischen Bekanntschaft zurückkehren und er soll mich nicht in dem aufgewühlten Zustande vorfinden, der nach dem Verfassen dieses Briefes zweifelsohne Besitz von mir ergriffen hat. Außerdem muss ich noch den toten, böhmischen Jungen, der wie ein Gespenst halb durchsichtig auf meinem Bett flackert, unbemerkt beiseiteschaffen. Seien Sie derweil beschworen, mein lieber Körner, den von Ihnen eingeschlagenen Weg als Dichter fortzusetzen. Es gibt nur einen Menschen, der IHN an der Seite des hochverehrten Herrn Geheimrats ersetzen kann, und das sind Sie. Dafür gebe ich Ihnen nur einen Rat mit auf den Weg: Finden Sie ihren wahren Kern, am besten im leidenschaftlichen Kampfe für unser Volk, den Kern unseres deutschen Volkes.

Glück auf! Was in der Erde schießet,
Das Gold, das suchst du auf.
Das, was dein Herz, o Freund, verschließet,
Vergißt du nicht. Glück auf!

Was mich betrifft, so wünsche ich, die mir letztmögliche, leidenschaftliche Grausamkeit bald zu verüben.

Ich behalte Sie lieb.
Ihr Kleist.

Teplitz, den 9. Mai 1809

Der Brief wurde niemals abgeschickt.
***

Teil III

Schattendasein

Heute weiß ich, dass ich ihn mir nur einbildete, aber der Schmerz im Magen zwacke mich dennoch: Ich hatte Hunger. Meine Frau sagt zwar immer, ein Schatten sollte kurz vor dem nächtlichen Verschwinden nichts mehr essen, aber was solls. Sie war eh nicht mehr da, denn sie hatte die Lampe im Schlafzimmer ausgeschaltet. Ich glitt vom Sofa, den Parkettfußboden des Wohnzimmers entlang, über die kalten Küchenfliesen und stieg die Kühlschranktür empor. Ich zitterte dabei, denn der Action-Film im Fernsehen warf ständig Flackerlicht auf meinen Menschen. Im Inneren fand ich es, ein Stück Wurstschatten von gestern. Ich schnitt mir eine Scheibe davon ab, nur eine hauchdünne, und legte den Rest zurück. Sie wanderte in meinen Mund. Leider hatte ich wieder einmal vergessen, dass die Scheibe um die Hälfte leichter wird, wenn man sie zusammenfaltet. Verdammte Schattenphysik. Aber es war zu spät. Nun gut, noch einmal wollte ich nicht in den Kühlschrank greifen.

Ich glitt zurück auf das Sofa. Dabei dachte ich über meinen Menschen nach. Klar, im Licht würde er immer bei mir sein, solange ich lebe und darüber hinaus. Aber das ist ganz natürlich, jedem Schatten ergeht es so. Deswegen kümmert es so gut wie niemanden. Nur kleine Schattenkinder beschäftigen sich mit ihren Menschen, versuchen, unter ihnen hindurchzugleiten oder erschrecken sich gar vor ihnen. Nun, ganz korrekt war das nicht. Es gab auch einige Schattenphilosophen, die sich mit dem Phänomen Mensch beschäftigten. Unter ihnen herrschte seit Jahrtausenden die einhellige Meinung, dass die Menschen Wesen seien, die absolut keinen freien Willen besitzen würden. Schließlich folgen sie ständig nur ihrem Schatten, und zwar überall hin. Nun, ich war ein ganz gewöhnlicher Schatten, weswegen ich mir nie solche tiefsinnigen Gedanken machte. Ich arbeitete als Oberkellner in einem exklusiven Restaurant. Der Job lief ganz gut für mich. Ich verdiente genügend Geld für die Familie. Meine wahre Leidenschaft war jedoch das Schattenboxen. Ich ging mindestens dreimal die Woche zum Training. Es ist jedes Mal ein Wahnsinnsgefühl für mich, dem Gegner auf dem Boden des Boxringes Aug' in Aug' gegenüberzuliegen, seine Bewegungen vorauszuahnen, um seine Schläge zu kontern, und ihn schließlich mit einem K. O. in die Länge zu ziehen. Es ist nur ein Hobby, natürlich, aber wenn ich ehrlich bin, hätte ich den Job im Restaurant lieber an den Nagel gehängt und wäre Profischattenboxer geworden. Aber die Familie braucht finanzielle Stabilität. Mein Sohn möchte nächstes Jahr an die Uni, um Schattenwirtschaft zu studieren. Meine Tochter würde später gern Schattenbilder malen. Ich hoffte allerdings, ihr das noch ausreden zu können. Besonders viel Geld würde sie als Künstlerin nämlich nicht verdienen. Alles in allem war mein Leben bisher glücklich gewesen. Doch mein Schattendasein erfuhr eine drastische Wendung.

Es passierte am Dienstag. Ich hatte Streit mit einem Gast. Er hatte sich auf den Stuhl gesetzt, der sich direkt unter dem großen Kronleuchter befand. Deswegen war er unter dem Hintern seines Menschen kaum zu erkennen. Ich übersah ihn. Nachdem ich ein paarmal achtlos an ihm vorbeigegangen war, brüllte er mich an: "He, Schattenkellner. Bin ich auch irgendwann mal dran?" Ich entschuldigte mich in aller Form, aber der Gast hatte mich den ganzen Abend auf dem Kieker. Am Schattengemüse gefiel ihm dies nicht, am Steak das nicht. Er beschwerte sich über alles. Sogar der Chefkoch und der Geschäftsführer mussten bei ihm antanzen. Während ihres Gesprächs ergriff er die Gelegenheit, sich ebenfalls über mich zu beschweren. Tja, und am nächsten Tag war ich gefeuert. Der Chef teilte es mir persönlich mit, noch bevor meine Schicht hätte beginnen sollen. Danach war ich nicht nur geschockt, ich war angeknockt, um in der Sprache des Schattenboxens zu bleiben. Da ich an jenem Abend nicht mehr arbeiten würde, ließ ich mich ziellos über die Gehwegplatten der Innenstadt treiben. Ich grübelte. Wie hätte ich denn ahnen können, dass es sich bei dem Gast um einen Minister aus dem Schattenkabinett handelte. Mein Leben war jedenfalls zerstört, kaputt. Ich war wütend. Wenn ich es gekonnt hätte, hätte ich den feinen Herrn persönlich aufgesucht, um ihm den Kiefer zu brechen. Mein zweiter Gedanke galt meiner Familie. Die gemeinsamen Wochenenden, an denen wir unbeschwert Schattenspiele spielten, waren wohl jetzt vorbei. Wie sollte ich den Kindern beibringen, dass ihre Träume gerade zerplatzt waren wie die Schatten von Seifenblasen? Ich schnaufte und schaute mich um. Inzwischen hatten sich die Schatten der Stadt in die Länge gezogen. Bald zöge die Nacht herauf und das künstliche Licht würde sich einschalten. Ich würde im Halbdunkel zwischen den Lichtkegeln der Straßenlaternen verblassen, nur um unter der nächsten wiedergeboren zu werden. Warum suchte ich mir eigentlich keine finstere Ecke, in die niemals irgendein Lichtstrahl dringt, wo ich auf ewig im nächtlichen Nichts verschwinden könnte. Das waren die Gedanken, die mich quälten. Ich glitt ziellos weiter, in die Schatten des Sonnenuntergangs.

Irgendwann kam ich an einer ungewöhnlich hell erleuchteten Bretterwand vorbei. Ich näherte mich ihr und kroch hinauf. Das Licht fiel auf ein Poster, eine Anzeige des Instituts für Humanforschung. Ich ärgerte mich zuerst. Warum verschwendete man Steuergelder an die Erforschung dieser nutzlosen Anhängsel von uns Schatten. Es handelte sich wohl wieder einmal um so eine politisch korrekte Mode. Aber dann las ich den Text. Das Institut suchte Schatten, die freiwillig an einem Experiment teilnehmen wollten. Ich war verblüfft, nicht etwa wegen des Experiments, von dem ich sowieso nichts verstand, sondern von dem Lohn, den man dafür bekommen sollte: Zwanzigtausend Dollar. Unglaublich! Ich fasste Hoffnung und meldete mich gleich am nächsten Tag im Institut an.

Der Professor war ein quirliger Schatten. Er redete sehr schnell. Soweit ich es verstand, hatte er einen Apparat entwickelt, mit dem er die Menschen genauer erforschen konnte, als das bisher möglich war. Es gäbe nämlich eine Theorie, welche ihnen eine Art von primitiver Intelligenz zusprach. Sie sei, laut der Aussage des Professors, mit der Intelligenz von Mäuseschatten zu vergleichen. Er führte mich und die anderen beiden freiwilligen Schatten in sein

Labor. Dabei glitt er so schnell, dass der Schatten seines Kittels nach hinten wehte. Wir hatten Mühe, ihm zu folgen. Der Apparat war furchteinflößend: jede Menge Drähte, Elektronik und mechanische Greifer. Meine beiden Kameraden winkten bei dem Anblick erschrocken ab. Ich wollte das Risiko hingegen eingehen. Der Professor erklärte mir alles, aber ich hörte nur mit meinem halben Ohr zu. Mich interessierte ausschließlich der Vertrag, auf dem die magische Zahl 20.000 stand. Ich unterschrieb sofort. Der Professor machte eine Bewegung in Richtung seiner Assistenten. Sie schoben mich in die schwarze Öffnung des Gerätes, woraufhin sich eine rote Lampe einschaltete. Es ging los.

Als ich erwachte, fühlte ich mich merkwürdig, richtig fett. 'Hätte ich bloß nicht so viel von diesen Wurstscheiben gegessen', schoss es mir durch den Kopf. Aber das war es nicht. Ich blickte an mir herunter, dann zur Decke. Es gab Leuchtstoffröhren, graue Metallschränke an den Wänden und einen keimfrei blank gescheuerten Fußboden. Und plötzlich sah ich mich selbst. Ich klebte schwarz und mickrig auf dem Linoleum unter mir. Ich bewegte meine Arme, meinen Oberkörper und das mickrige Etwas, mein früheres Ich, machte es meinem neuen Ich genau nach. Ich keuchte, weil ich vor Überraschung kaum Luft bekam. Durch die Glastür sah ich den Professor in seinem weißen Kittel. Er schüttelte den Kopf. Was hatte er vorhin gesagt? Ach ja, es würde zehn Minuten dauern, bis er das Labor betreten könne, wegen der Dekontamination. Ich versuchte, mich zusammenzureißen. Neben mir hing ein großer Spiegel. Ich betrachtete die menschliche Gestalt darin, meine menschliche Gestalt. Mäuse, dass ich nicht lache. Menschen sind mindestens genauso intelligent wie ihre Schatten. Hatte ich gerade "ihre Schatten" gedacht? Warum? Nun, die Sache war klar! Nicht die Schatten bewegten die Menschen, sondern umgekehrt. Woran ich das merkte? Ganz einfach! Ich musste mir in meinem momentanen Zustand keinen einzigen Grund mehr ausdenken, warum ich etwas fühlte, dachte oder tat. Ich musste mir nicht ständig irgendeine Ursache für meine Bewegungen oder meine Taten ausdenken. Endlich begriff ich es: Mein gesamtes Schattendasein war eine Lüge gewesen. Meine Gedanken, meine Entscheidungen, meine Gefühle, nichts stammte wirklich von mir, gar nichts. Schmerz, Liebe, Besorgnis. Alles war nur eine Einbildung, eine schlechte Kopie des Menschen, dessen Sklave ich war. Ich schaute hasserfüllt auf den Apparat. Dann ballte ich meine Fäuste. Ich spürte die Kraft des Boxers in mir und prügelte auf das Gerät ein. Kabel zerrissen, Keramikbauteile und Computerplatinen zersplitterten. Der Professor und seine Assistenten klopften verzweifelt an die Tür. Ich hörte nicht auf. Ich nahm meine Stirn zu Hilfe und stieß mit ihr zu. Funken stoben aus den überladenen Schaltkreisen. Beim letzten Kopfstoß wurde ich ohnmächtig.

Ich erwachte im Haus meines Menschen. Meine Stirn fühlte sich kalt an. Ein Beutel mit Eiswürfeln lag darauf. Ich zog ihn herunter und setzte mich auf die Bettkante. Alles sah verschwommen aus. Ich befand mich hinter dem Nebel, den ich vom Boxen so gut kannte. Langsam wurde das Bild schärfer. Draußen war heller Tag. Aber welcher? Auf dem Tischchen neben dem Bett fand ich einen Brief.

Es war die Handschrift des Professors. Ich staunte, als ich ihn las. Er entschuldigte sich nämlich für die Unannehmlichkeiten. Die Sicherheitsvorkehrungen hätten strenger sein müssen. Die Apparatur sei zwar vernichtet, dennoch könne er mir die volle Summe von 20.000 Dollar auszahlen. Was blieb mir jetzt anderes, außer zufrieden zu sein? Meine menschliche Familie würde über die Runden kommen, bis ich wieder Arbeit gefunden hätte. Und ich würde nie wieder ein Schattendasein führen müssen. Nur der Mensch, mit dem ich getauscht hatte, tat mir leid. Er war nicht mehr frei und bestimmt wusste er das. Das machte sein Schattendasein viel, viel härter als das meine.

***

Der Stern der Superhelden

Es war einmal eine Welt, in der die erste und ehrenvollste Aufgabe der Superhelden darin bestand, die Menschen zu beschützen. Doch mit den Jahren wurden wir alt, ich meine, wir Superhelden. Glauben Sie mir, für uns ist das auch kein Zuckerschlecken. Die Kräfte schwinden, die Zipperlein piesacken und vor allem nimmt die Zeit, die für ein klein wenig mehr Heldentaten übrig bleibt, rapide ab. Ja, Superhelden sterben. Vor zwei Wochen beerdigten wir Dr. Ignito. Ein netter Kerl, der einem immer die Zigarette anzündete, wenn man kein Feuerzeug zur Hand hatte.

Normalerweise führen unsere Kinder die Missionen weiter. Umso schlimmer, dass wir seit Jahren keine Kinder mehr bekommen. Warum? Keine Ahnung. Fest steht: Die Superhelden werden bald vom Angesicht dieser Erde verschwunden sein. Schrecklich, denn in diesen Zeiten braucht uns die Menschheit dringender denn je. Warten Sie, ich schalte das Radio ein.

"Hier ist Kanal 24, die Nachrichten. Weltweit haben die Aggressionen auf den Straßen eine ungeahnte Brutalität erreicht. Gewalttätige Kämpfe zwischen verfeindeten Gruppen dominieren die aktuellen Bilder. Hierzu nun die Brennpunktdiskussion."

Theo, mein lieber Sittich, piept panische auf seiner Stange. Schon gut, ich mache die Blechdose ja aus. Kann ich mir sowieso nicht länger als eine Minute anhören, macht mich bloß selber aggressiv. Aber keine Bange, von meiner Superkraft geht kaum eine Gefahr aus. Ich kann keine Kometen zermalmen wie Universalus, oder, wie Dr. Ignito, ganze Waffenarsenale einschmelzen. Ich vermag weder Blitz und Donner zu besänftigen wie Weatherix, noch kann ich gefährliche Raubtiere in sanfte Kätzchen verwandeln wie Madame Animalic, Gott hab sie allesamt selig. Nein, ich besitze die Fähigkeit, Gedanken zu lesen. Ist nicht besonders spektakulär. Aber man brauchte mich hin und wieder, um die Pläne der bösen Buben aufzudecken. Vor ein paar Jahren hat mir das sogar einen Orden eingebracht, quasi für mein Lebenswerk.

Ich will Sie nicht mit den ollen Kamellen, wie wir hier in Köln sagen, langweilen. Stattdessen erzähle ich Ihnen, wie es dazu kam, dass ich auf meine alten Tage noch einmal für eine Mission ausgewählt wurde: Neben den massiven Ausschreitungen auf den Straßen haben sich auch die seelischen Krankheiten massiv verstärkt und damit die Einweisungen in psychiatrische Kliniken. Langsam reichten die Kapazitäten nicht mehr aus, um alle Patienten aufzunehmen. Deswegen wendete sich Dr. Crane an mich, der Oberarzt in der hiesigen Nervenklinik.

Sie lag außerhalb der Stadt und sie war gewaltig. Insgesamt mochten es fünfzehn oder sechzehn Häuser sein, die noch aus den 1970er-Jahren stammten: quaderförmiger Grundriss, hellbrauner Putz, weiß lackierte Fensterrahmen, rote Ziegeldächer. Nachdem ich mich aus seinem schwarzen Mercedes gewunden hatte, führte er mich über einen knirschenden Schotterweg, der alle Gebäude miteinander verband. Unser erstes Ziel war Haus Nummer XA Strich eins.

"Hier sind die Patienten untergebracht, die sich im ersten Stadium der Krankheit befinden", erklärte er. "Früher war das die Station für Depressive, allerdings mussten wir sie verlegen, um Platz für die Neuen zu schaffen.". Wir gingen einen spiegelnd polierten Flur entlang, bis wir den großen Gemeinschaftsraum erreichten. Leise Radiomusik rieselte aus den Wandlautsprechern. Etwa zwanzig Patienten, bewacht von aufmerksamen Pflegern, saßen auf Stühlen oder standen vor einem der Fenster.

"Hören Sie zu", forderte Dr. Crane.

Ich legte meine Hand an das rechte Ohr - dasjenige, das noch nicht völlig taub ist - und lauschte aufmerksam. Tatsächlich! Die Patienten murmelten etwas, alle das Gleiche, fast wie ein Mantra: "Nichts! Nichts! Nichts!"

Dr. Crane schlug seine Mappe auf. "Wir haben es mit allem probiert, sogar mit Zeichensprache, aber außer diesem einen Wort: Nichts, erhalten wir keine Antwort. Vielleicht könnten Sie, Herr ... Dr. Mentis?"

Ich lächelte und schüttelte den Kopf. "Einfach nur Mentis. Ich bin kein richtiger Doktor. Das war nur mein Künstlername."

Dr. Crane nickte. "Ich verstehe. Würden Sie es versuchen, Mentis?"

"Okay!" Ich wählte eine besonders ruhig wirkende Frau und setzte mich neben sie, was ich hauptsächlich wegen meiner Knie tat, die höllisch schmerzten. Ihre Gedanken, sie mochte Ende zwanzig sein, waren überraschend klar. Am meisten beschäftigte sie ein ganz bestimmter Satz:

"Keiner glaubt mir!"

Ich besuchte weitere Patienten. Ihre Charaktere unterschieden sich stark voneinander, doch die Worte "Keiner glaubt mir!" beherrschten, geradezu dröhnend, alle ihre Gedanken. Dr. Crane schrieb akribisch mit, wobei er die Mappe als Unterlage benutzte. Nach einer Stunde war ich erschöpft. Ich gab ihm ein Zeichen und wir verließen den Raum.

Auf dem Flur lächelte er mich an. "Sehr gut. Ich wusste, dass Sie uns helfen würden, Mentis." Auf seine Empfehlung trank ich einen Kaffee aus dem Automaten. Der würde mich wieder auf die Beine bringen, behauptete er. Bullshit! Das Zeug bescherte mir nichts als Magenschmerzen.

"Wir müssen weiter!", drängelte Dr. Crane. "Die Fälle im nächsten Gebäude sind bedeutend schwieriger."

Das Erdgeschoss des Hauses XR Strich fünf bestand aus zwei gegenüberliegenden Räumen, in die man vom Mittelgang aus durch große Fensterscheiben hineinblicken konnte. In jedem befanden sich etwa vierzig aufgeregte

Personen. Auch sie riefen nur das armselige Wort: "Nichts", allerdings viel wütender als die Patienten in Gebäude XA Strich eins.

Die Gedanken, die ich von den beiden Gruppen empfing, waren einander ähnlicher, als man wegen ihrer Feindschaft vermuten würde. In dem, was sie am meisten bewegte, stimmten sie genau überein: "Wir glauben Euch nichts mehr!", hieß es von links wie von rechts.

"Was geschieht, wenn Sie die Trennung aufheben?", fragte ich laut. Der Lärm wurde durch die Scheiben zwar gedämpft, ich brauchte dennoch Stimmkraft, um ihn zu übertönen.

Dr. Crane legte die Stirn in Falten. "Dann gehen sie aufeinander los. Sie können sich die Brutalität gar nicht vorstellen."

Der gute Doktor erklärte mir, dass es noch ein drittes Stadium der neuen Krankheit gäbe. Also riss ich mich zusammen, ignorierte meine Knie-, und Magenschmerzen und folgte ihm in den Keller. Fahles Kunstlicht. Ich vermochte kaum etwas zu erkennen. Der Doktor bemerkte meine Misere und schaltete ein paar zusätzliche Deckenlampen ein. Ein erschreckendes Bild, das sich mir darbot: Auf über hundert Feldbetten lagen Menschen, die völlig apathisch schienen. Ich ging durch die Reihen. Dr. Crane folgte mir, bereit, seinen Bericht weiterzuführen. Von den Patienten hörte man diesmal wirklich nichts. Ihre Gedanken konnte ich freilich sehen und ich war schockiert: Sie glaubten an überhaupt nichts mehr.

Ich war froh, als wir wieder frische Luft atmeten. Der Geruch im Keller hatte mich schwindelig gemacht. Dr. Crane bedankte sich herzlich. Er wisse nun, wo er ansetzen müsse. Ich wünschte ihm viel Erfolg, dann stiegen wir in seinen schwarzen Sternkreuzer und er fuhr mich nach Hause. Zwei Wochen verstrichen, ohne dass ich von ihm hörte. Das war nicht weiter schlimm, denn für einen alten Mann vergehen die Stunden schneller, als er sie zählen kann. Gestern erreichte er mich telefonisch. Er war außer sich. Mit Überschlagsstimme stotterte er mir vor, dass die Symptome bei allen leichten Fällen verschwunden seien. Auch die rabiaten Streithähne seien auf dem Weg der Besserung. Und ein paar der apathischen Patienten im Keller würden schon wieder herumgehen. Er fragte, ob er mich abholen solle, damit ich es mir anschauen kann. Aber natürlich!

"Schön! Herzlichen Glückwunsch übrigens! Wir alle haben uns sehr gefreut", sagte er noch und legte auf. Glückwunsch? Wozu?

Das Telefon klingelt. Viel zu früh für Dr. Crane und seinen Mercedes. Auf dem Display leuchtet die Nummer von Highfive, dem Flugkünstler, und seiner Frau Barbarina. Sie gehören zu den wenigen jungen Superhelden, die es noch auf der Erde gibt.

"Hallo!", rufe ich. "Was? Nachrichten? Nein. Was habt ihr bekommen? Wann? Letzte Woche? Wirklich? Ja, ich höre sie. Ach so? Und ich bin eingeladen? Danke, ich weiß gar nicht, was ich sagen soll. Ja, natürlich komme ich."

Sie werden nicht erraten, was meine alten Ohren gerade vernommen haben: Babygeschrei. Ist das nicht wunderbar? Beinahe schwungvoll lasse ich mich in den Lehnstuhl fallen. Daneben, auf dem niedrigen, runden Tisch, dampft eine Tasse Kamillentee.

"Das ist mal was", sage ich zu Theo.

"Nichts!", plappert der Vogel und wetzt seinen Schnabel am Käfiggitter. Ich puste über den Dampf, nehme einen wohligen Schluck und warte auf Dr. Crane.

***

Der Traum der Tiere

Die schlanken Türme der Traumfabrik ragten wie steifgefrorene Finger über die Bergspitzen. "Traumfabrik", das war der inoffizielle Name des "Instituts für neurohypnotische Analysen". Die hiesigen Forscher beschäftigten sich - prägnant formuliert - mit dem Lernen im Schlaf. Dass der Institutschef, Prof. van Dien, darüber hinaus weitere, inoffizielle Ambitionen verfolgte, darüber wussten weder seine Angestellten noch die nahe gelegene Kleinstadt etwas, in der sich viele von ihnen niedergelassen hatten. Vielleicht ahnten sie etwas, doch sie vertrauten ihrem Chef viel zu sehr, als dass sie ihm unlautere Absichten unterstellen würden.

Es war gerade erst halb acht, als Marie an jenem Samstag auf dem Pferdehof ankam. Hier hatte Brutus, ihr Hengst, seinen Verschlag, direkt neben einer riesigen Weide, die er sich normalerweise mit zwölf anderen Pferden teilte. Leider musste das Grasen und das unbeschwerte Galoppieren letzte Woche ausfallen: Kolik. Marie war jeden Tag hergekommen - vor und nach der Schule - um dem kranken Tier beizustehen. Als der Tierarzt gestern Abend endlich die gute Nachricht verkündete, hätte sie vor Erleichterung singen können.

"Na, mein Großer", flüsterte sie und streichelte über Brutus' Hals. Er stand in der Box, den Kopf durch das geöffnete Futterfenster gesteckt und kaute, wobei er seine Nüstern immer wieder raschelnd in den Heuhaufen steckte.

Marie hatte eine extra große Fuhre in die Schubkarre geladen und auch den Wassertrog aufgefüllt. Kraftfutter oder gar Leckereien waren noch nicht drin, auch kein frisches Gras.

Sie wartete geduldig, bis er genug gefressen hatte, dann hakte sie die Leine in das Kopfgeschirr und führte ihn huftrappelnd aus dem gepflasterten Stall. Der Pferdebauer hatte extra ein Stück Weide abgezäunt, auf dem kaum etwas wuchs. Doch Brutus bewegte sich kaum. Stattdessen äugte er bedröppelt zu seinen freudig wiehernden Kameraden hinüber.

Marie ging zum Stall zurück, zum morgendlichen Ausmisten. Nicht, dass der Bauer das nicht selbst gemacht hätte. Schließlich bezahlten ihre Eltern eine hübsche Stange Geld. Aber Marie wollte das so und ihr Vater war mehr als einverstanden mit ihrem Engagement.

"So lernt sie, was es heißt, mit den eigenen Händen zu arbeiten", pflegte er zu sagen. "Das wird ihr helfen, nicht den Boden unter den Füßen zu verlieren. Egal ob sie später Anwältin, Politikerin oder sonst was Überkandideltes wird."

Für solche Ausdrücke knuffte Mutti ihn meist in die Seite, worauf er brüllte, als hätte sie ihm die Rippen gebrochen. Er übertrieb, damit sie sich mit der erteilten Strafe zufriedengab. Mutti tat meist so, als ob sie auf seinen Trick hereinfiel.

Marie grinste bei dem Gedanken. Das verbrauchte Stroh und die Pferdeäpfel hatte sie bereits auf den Misthaufen gebracht und machte sich nun daran, mithilfe der Gabel neues Stroh in der Box zu verteilen. Sie war so vertieft in ihre Arbeit, dass sie den Schrei gar nicht hörte. Erst als sie die panische Stimme ihrer Freundin Anna erkannte, wurde ihr klar, dass etwas Schreckliches passiert sein musste. Sie stürmte nach draußen, in der Eile vergaß sie sogar ihre Brille. Brille und Zahnspange. Schrecklich. Beides hatte man ihr letzte Woche verpasst. Pferde legten glücklicherweise keinen übertriebenen Wert auf das Äußere.

Draußen richtete sie ihren verschwommenen Blick sofort auf Brutus. Aber sie konnte ihn nicht entdecken. Erst als sie sich durch die Reihe der schockierten, die Hände gegen ihre Münder pressenden Pferdebesitzer hindurchgezwängt hatte, sah sie, was passiert war: Sämtlich Pferde lagen seitlich auf dem Boden. Sie stieg, nein, sie sprang über den Zaun und legte das Ohr an Brutus' Nüstern. Er atmete, Gott sei Dank. Alle Pferde atmeten, die Lider geschlossen. Es war, als ob…

"… als ob sie schlafen", rief der Bauer und Pferdepensionsbetreiber. Er kniete neben einer weißen Stute, die noch nicht lange hier eingemietet war. Verzweifelt versuchte er, sie aufzuwecken, doch weder Schreien noch Klopfen half. "Ich hole den Tierarzt." Das war der Moment, als sämtliche Vögel vom Himmel fielen und die Menschen zu rennen begannen. Außer Marie.

Es stellte sich heraus, dass alle Tiere, genauer, alle Vögel und Säugetiere in und um Neustadt herum in einen tiefen Schlaf gefallen waren. Der Tierarzt, der ratlos über Wiesen und durch die Ställe staksten, konnte sich beim besten Willen nicht erklären, wie es dazu gekommen war. Was er jedoch wusste: Die Tiere mussten - je nach Art - nach ein paar Tagen aufwachen. Ansonsten verdursteten sie.

"Bei Pferden liegt die kritische Zeitspanne bei sieben Tagen", erklärte der Pferdebauer Marie. Beide hatten Mühe, ihre Tränen zurückzuhalten. Der gestandene Bauer hatte sich freilich besser im Griff, während das Mädchen immer wieder zu schluchzen begann. Abends brachte sie Brutus eine Decke und hockte sich für ein paar Minuten neben ihn.

"Er wird nicht sterben", beruhigte sie Papa.

"Woher weißt Du das?", schniefte sie. Aber ihr Vater antwortete nicht. Er blickte stumm durch die Windschutzscheibe, bis sie zu Hause angekommen waren.

Am Sonntagmorgen rückte die Pressemeute an. Übertragungswagen ruckelten über die Feldwege, Kameras wurden in Stellung gebracht, geschminkte Reporterinnen in kurzen Polyacryl-Kostümen und Pumps, unter denen sich Dreck und Pferdekot verklebten, gaben ihre Statements in die Mikrofone. Marie beobachtete den Trubel mit Argwohn. Man sollte die armen Tiere doch in Ruhe lassen, statt sie mit Lärm und Scheinwerfern zu belästigen. Verärgert blickte sie in den flauschig bewölkten Frühlingshimmel, als plötzlich ein Wunder geschah.

"Er fliegt! Siehst Du, Papa? Er fliegt!" Papa schirmte die Augen. Ein Eichelhäher war mit schimpfendem Gekrächz in die Lüfte gestiegen. Für einen Moment glaubte Marie, er hätte "Nee, nee, nee!", gerufen. Aber es gab keinen Grund, schlecht gelaunt zu sein. Kurz nach dem gefiederten Grantler erhoben sich die anderen Tiere, auch die Pferde und vor allem Brutus. Marie, die ohnehin nicht weit weg gestanden hatte, rannte zu ihm.

Als sie bei ihm ankam, schüttelte er den Kopf und wieherte freundlich. Doch plötzlich bewegten sich seine Lippen in merkwürdiger Weise.

"Na, meine Große!" Er sprach mit tiefer, kratziger Stimme, beinahe wie ein notorischer Raucher.

Marie wich zurück, ebenfalls ihr Vater, der ihr gefolgt war. Die Nachrichtenleute, denen man die Enttäuschung über die Erweckung der Tiere ansehen konnte, hörten sofort damit auf, ihr Equipment wieder einzupacken.

"Es spricht", krähte eine der geschminkten Reporterinnen und zeigte auf Brutus.

"Nicht nur er", brummte ein anderer Hengst. "Wir alle können sprechen."

Als die anderen Pferde zustimmend nickten, blieb die Reporterin stehen und drehte das Mikro in Richtung des ihr am nächsten stehenden Pferdes. Es war die weiße Stute, um die sich der Pferdebauer so liebevoll gekümmert hatte.

Und es begann. Jedes Pferd sagte etwas ins Mikrofon, warf beim Sprechen ab und zu theatralisch die Mähne nach hinten oder grinste, wenn es gute Zähne hatte. Die Tiere hatten sich wahrlich in Menschen verwandelt. Womit das zusammenhing, wurde bald klar. Offensichtlich hatten sie alle im Schlaf geträumt, zum ersten Mal in ihrem Leben. Alle Tiere, deren Gehirn eine bestimmte, minimale Größe aufwiesen, schienen von der Träumerei betroffen gewesen zu sein. Es brauchte nicht viel, um den Zusammenhang zwischen Träumen, Intelligenz und der Traumfabrik herzustellen. Alle Reporter, alle Menschen und auch alle Tiere drehten sich in einer einheitlichen Choreografie zu den Berggipfeln um, hinter denen sie Traumfabrik bedrohlich auftürmte.

Etwas stimmte nicht. Drei Wochen lag das Ereignis nun schon zurück und Brutus hatte sich mit jedem Tag merkwürdiger verhalten. Nicht, dass er Marie gegenüber gemein war. Das nicht, allerdings weigerte er sich, über die eine oder andere Sache mit ihr zu sprechen. Nicht nur er hatte Geheimnisse? Als sie am Freitag in den Stall kam, um ihm eine gute Nacht zu wünschen, beobachtete sie, wie die Pferde ihre Köpfe zusammensteckten und miteinander tuschelten.

Inzwischen hatte es eine Pressekonferenz aus der Traumfabrik gegeben. Professor van Dien trat persönlich vor die Kameras, zwinkerte den Reporterinnen zu und erzählte in selbstlobenden Worten, wie er es geschafft hat, den Tieren ein Bewusstsein zu geben. Nein, er habe nicht gewusst, dass die Wirkung der elektromagnetischen Wellen eine solche Reichweite besitzen würde. Eigentlich habe er die Strahlung nur an seinem Versuchsäffchen, einem Kaiserschnurrbarttamarin mit dem - wie Marie fand - bescheuerten Namen "Chico" ausprobieren wollen. Die Kamera blendete Chico und seinen weißen Kaiser-Wilhelm-Bart in Nahaufnahme ein. Er saß auf einem Barhocker, ein paar Meter neben dem Kreuz, das der Kameramann für van Dien auf den Boden gemalt hatte. Chico sei jetzt mindestens so schlau wie er selbst, behauptete van Dien. Er war der Einzige, der über seinen Witz lachte.

Am fatalen Ende der Geschichte war Marie signifikant beteiligt. Sie hatte genau gespürt, wie sehr ihr lieber Brutus, wie sehr seine Freunde, unter ihrem unnatürlichen Zustand litten und wie sehr sie sein Ende herbeiwünschten. Die Verwandlung musste unbedingt rückgängig gemacht werden. Also ließ sie sich überreden, Chico mithilfe ihres Vaters eine geheime Nachricht zu übermitteln. Zwei Wochen später hatte es der Kaiserschnurrbarttamarin geschafft, unter dem Vorwand, das Verfahren verbessern zu wollen, eine selbstprogrammierte Routine in das Computersystem einzuschleusen. Van Dien, dessen Eitelkeit keine Grenzen mehr kannte, gab ihm umfassende Zugriffsrechte. Noch am selben Abend drückte Chico auf den roten Knopf. Weder den Tieren noch den Menschen hatte er verraten, dass der folgende, traumlose Schlummer jedes Bewusstsein auslöschen und deren Besitzer in den tierischen Zustand zurückversetzen würde: den verhassten Professor, aber auch die freundlichen, liebenswerten Marie. Kollateralschaden - so nennt man das wohl.

***

Der Engel der sieben Königreiche

"Frater Paulinus?"

Der Angesprochene wandte den Kopf, wobei er unwillkürlich die Zügel nach links zog. Klebriger Schneematsch tropfte von den schmatzenden Hufen seines Reittiers.

"Ich habe es dir schon einhundert Mal gesagt. Nenn mich nicht Frater!"

"Entschuldigt, Herr!", gab Beli zurück. "Aber Ihr seid Italiener, und die sind alle Christen. Außerdem tragt Ihr den Mantel der Benediktiner."

"Dem Christengott habe ich schon vor langer Zeit abgeschworen." Paulinus brachte das Pferd wieder auf Kurs, in geringem Abstand zwischen sich und Beli. "Und jetzt Schluss damit! Sage mir lieber, was du wissen wolltest."

Beli zupfte unbehaglich an seinem Fellumhang. "Wird es …", druckste er. "Wird es zur Schlacht kommen?"

"Ich bin Heiler und kein Hellseher. Meine Gabe ist, Menschen gesund zu machen. Und wenn du weiter schön aufpasst, wirst du vielleicht so gut darin wie ich."

Beli lachte auf. Sofort wurde ihm klar, dass er sich ungehörig benahm. "Es ist nur", entschuldigte er sich, "Ihr seid ein Magier, Herr, und ich nur ein walisischer Bauernjunge."

"Einer mit Begabung", erwiderte Paulinus. "Sonst hätte ich dich deinem Vater niemals abgekauft." Abrupt zügelte er sein Pferd und streckte die Hand aus. Im Halbdunkel des winterlichen Morgens erkannte Beli die Zelte von Eadbald, König von Kent. Paulinus drückte seinem Pferd die Stiefel in die Seiten und Beli tat es ihm gleich.

Eadbald begrüßte die beiden Heiler mit dünner Stimme. Paulinus trat an sein Bettlager und kümmerte sich um die Verletzung. Derweil schaute sich Beli um. Das Zelt gehörte einem Herrscher, kein Zweifel. Neben der Feuerstelle hing ein glänzendes Kettenhemd, außerdem Stiefel und Beinkleider aus feinstem Leder. Die Spitze eines goldverzierten Schwertes steckte im Boden, daran lehnte ein reich beschlagenes Holzschild. Auf dem Tisch stand ein silberner Kelch, mehrere Teller mit Brot und gebratenem Fleisch. Der Diener war gerade dabei, es mundgerecht zu schneiden.

Eadbald stöhnte. Paulinus hatte das schmutzige Leinentuch von seiner Schulter genommen. Eine klaffende, eitrige Wunde kam zum Vorschein.

"Gib mir das Kreiskreuz!", befahl er, ohne sich nach Beli umzudrehen. "Und die Lebersalbe, schnell! Wirds bald!"

Die unwirsch gesprochenen Worte weckten Beli aus seinen Gedanken. Hektisch öffnete er die Umhängetasche, zog er die gewünschten Utensilien heraus und übergab sie Paulinus. Der nahm eine Fingerkuppe Salbe aus dem

Töpfchen und schmierte sie vorsichtig auf die Wunde. Das Kreiskreuz drückte er darauf.

"Das war einer von König Cynegils' Soldaten", keuchte Eadbald. "Gestern Abend, bei den Verhandlungen, warf er den Speer nach mir, auf des Königs heimlichen Befehl."

'Weil du seine Tochter Cyneburg entführt hast und sie schänden ließest', antwortete Paulinus in Gedanken. 'Wohl wissend, dass sie dem Prinzen von Bernizien versprochen war. Natürlich verschmäht Oswald sie nun.'

"Cynegil ist ein hinterhältiger Mensch", sagte Paulinus laut. "Ein wahrer Feind des Friedens."

"Nicht wahr?", schnappte Eadbald heiser. "Dabei war Cyneburgs Behandlung die gerechte Strafe für das, was er meiner Schwester Aethelburg antat."

Der König erstarrte. Paulinus gab düstere, geradezu unmenschliche Laute von sich. Seine Augäpfel wurden weiß. Blind wiegte er sich in Trance. Seine Finger auf dem Kreiskreuz färbten sich schwarz, als ob sie verbrannten. Tatsächlich lag der Geruch von schmorender Haut in der Luft. Plötzlich wurde er von heftigen Krämpfen geschüttelt, die ihn beinahe zu Boden warfen. Für den Diener war das zu viel. Schockiert ließ er das Messer auf die Tischplatte fallen und bekreuzigte sich.

Beli hatte die Prozedur schon ein paarmal miterlebt. Er amüsierte sich über das närrische Benehmen. Dabei hatte

133

er zu Beginn seiner Ausbildung viel heftiger auf die Heil-
zauberei seines Meisters reagiert.

"Ihr seid geheilt, König", verkündete Paulinus müde.
"Versucht es! Steht auf von Eurem Lager und packt Euer
Schwert!"

Ungläubig schaute Eadbald ihn an. Doch er straffte sich,
ergriff Belis dargebotene Hand und tatsächlich: Er konnte
stehen. Die verletzte Schulter ließ sich problemlos heben
und senken. Seine Hand griff nach dem Knauf des
Schwertes und zog es aus dem Boden wie einst Artus das
legendäre Excalibur.

"Teufel auch!", rief der König von Kent, worauf sich der
Diener erneut bekreuzigte. "Ihr seid ein wahrer Wundertä-
ter, Paulinus. Aber warum, in Gottes Namen, hattet Ihr
diese Schmerzen?"

Paulinus lächelte verlegen. "Wenn ich jemanden heile,
flieht die Lebenskraft aus meinem Körper. Deswegen
kann ich meine Dienste nicht vielen Kranken anbieten."

"Aber König Penda von Merzien werdet ihr noch besu-
chen", erwiderte Eadbald, wobei er sich auf sein Schwert
stützte. "Wie ich höre, ist sein Sohn Wulff von einem
Spion König Edwins vergiftet worden. Er nahm den bösen
Trank in seinem eigenen Zelt, als er es mit einer Soldaten-
hure trieb." Sein Lachen ließ das Geschirr auf dem Tisch
erzittern. "Und wisst Ihr, warum Edwin ihm das antat?
Weil Penda Edwins Sohn Osfrith einen Bastard genannt

hatte, der sogar zum Pissen zu blöd wäre. Außerdem brannte Penda die Kirchen nieder, die Edwin nach dem Attentat durch Cynegils' Bruder Cwichelm bauen ließ. Ihr wisst vielleicht, dass Edwin nur knapp überlebte."

"Ich rettete ihm das Leben", erwiderte Paulinus. "Und ja, ich werde zu König Penda reiten und seinem Sohn helfen."

Eadbald breitete die Arme aus, in einer Hand hielt er noch immer das Schwert. "Ihr wisst schon, dass sich alle sieben Könige im Krieg miteinander befinden?"

"Meine Loyalität gilt allen Menschen. Ihnen diene ich mit meinem Schmerz." Paulinus wickelte das Kreiskreuz sorgsam in ein Tuch und verschloss die Salbe. Beides reichte er Beli, der es in der Tasche verstaute.

Der König von Kent trat würdevoll an Paulinus heran und legte ihm die Hand auf die Schulter. "Zum Dank für Euren Dienst werde ich euch großzügig entlohnen. Außerdem kommandiere ich zwei Wachen ab, die euch zu Pendas Lager eskortieren." Beli war erleichtert, als Paulinus das Angebot annahm.

Die Sonne senkte sich, als die beiden das letzte herrschaftliche Zelt verließen. Es war das von Eorpwald, dem König von Ostanglien. Der Oberschenkel seines besten Kriegers war bei Holzarbeiten zwischen zwei Baumstämme geraten. Paulinus heilte den Verletzten, danach bestärkte er den dankbaren Eorpwald in der Meinung, dass alle anderen Könige, insbesondere Eadbald, die wahren Feinde des

Friedens seien. Eorpwald gab ihm Recht, außerdem Silber und reichlich Nahrung.

Trotz des erfolgreichen Tages kam ihr Ritt aus dem Lager einer Folter gleich. Paulinus war so stark geschwächt, dass er sich kaum auf seinem Pferd halten konnte. Auch Belis Rücken schmerzte beim Reiten. Nachdem sie eine Anhöhe erklommen, Feuer entfacht und gebratene Kaninchen verspeist hatten, legten sie sich auf das weiche Hügelgras zum Schlafen. Der nächste Morgen begann, als sich alle sieben Heere gleichzeitig aufeinander stürzten. Schwerter krachten auf Schilde. Holz und Knochen splitterten. Das Blut floss in Bächen über die aufgewühlte Erde. Doch, statt das furchtbare Leid zu bedauern, fing Paulinus plötzlich an zu lachen. Er lachte aus vollem Hals, während sein Blick begeistert dem Blutbad folgte.

Beli kannte dieses Verhalten. Noch immer kam es ihm gespenstisch, geradezu teuflisch vor. Obwohl er Heide war, bekreuzigte er sich.

"Lass den Quatsch!" Paulinus hob die Arme. "Mach es mir lieber nach! Trau dich!"

Beli schaute zu den Satteltaschen hinüber, auf denen ihre Köpfe während der Nacht geruht hatten. Er zögerte, schließlich gehorchte er und reckte seine Arme in den Morgenhimmel. Zuerst spürte er sie schwach, dann immer stärker. Es war Lebenskraft, ausgehaucht von den sterbenden Soldaten. Wie Nebelschwaden stieg sie auf und füllte seine Lungen. Ja, bald würde er seinem Meister ebenbürtig sein, dazu hatte das Schicksal ihn auserwählt. Trotz des Schmerzes, den er bei jeder Heilung ertragen müsste, würde er es dankbar annehmen. Erhoben vom Gefühl der Selbstlosigkeit blickte er auf die Leichen im Acker-schlamm herab.

***

Rebell Ringo

Buck nahm die Gabel von der Anrichte und fischte ein weiteres Würstchen aus dem heißen Brühwasser. Er ließ es auf den mitgebrachten Teller gleiten, neben die zurückgebliebenen Schlieren von Ketchup und Kartoffelsalat-Mayonnaise. Würziger Duft stieg in seine Nase, Speichel füllte ihm den Mund. Er wandte sich zügig ab, um an den Tisch zurückzukehren, als sein Blick auf dem gelben Salzstreuer neben den Herdplatten hängen blieb. Helen hatte wieder Salz in den Topf getan, nach Bucks Meinung eine totale Verschwendung. Aber seine Frau bestand darauf. Angeblich würde es die Osmose unterdrücken und so den Geschmack in den Würstchen halten. So, so. Und wo kamen all die Fettaugen her? Buck sprach die Frage nicht laut aus. Der Fleischtag war ihm heilig, als dass er ihn durch einen Streit verderben wollte.

Er setzte sich wieder an den Esstisch, der in der vollen Mittagssonne des Septembertages stand. Fenster mit Südwestausrichtung. 'Morgen ist Waschtag', dachte er. 'Dann hängt alles auf den Leinen, säuberlich geordnet: T-Shirts, Hosen, Unterwäsche, schicke Hemden mit breitem Kragen.' Ein Lächeln huschte über sein sonnenglühendes Antlitz. Ist das nicht wunderbar? Struktur, Zuverlässigkeit und ein Leben, das funktioniert.

"Buckeye Buckminster!", fuhr Helen ihn an und weckte ihn aus seinen Gedanken. "Wenn du deine Würste kalt essen willst, sag es gleich. Dann muss ich das Wasser nicht extra heißmachen. Letzten Monat ist wieder eine Erhöhung gekommen. Aber du liest solche Briefe ja nicht. Sind dem feinen Herrn Professor wohl zu profan."

"Entschuldige, Liebling." Buck schaufelte Kartoffelsalat neben die Wurst, träufelte Ketchup über den hellbraunen Darm und stach mit der Gabel hinein. Fett triefte aus den Löchern. Er schnitt ein Stück ab und steckte es in den Mund. Nein, kalt war es nicht. Aber auch nicht mehr heiß. Eigentlich hatte es genau die richtige Temperatur.

"Übermorgen ist Bürotag", stellte Helen nachdrücklich fest. Für Buck eine offensichtliche Tatsache. In den ersten Jahren ihrer Ehe ging es ihm ziemlich auf die Nerven, wenn Helen offensichtliche Tatsachen zum Besten gab, statt klar auszusprechen, was sie eigentlich wollte. Es ist neun Uhr, hieß bei ihr: Mach Frühstück! Die Spülmaschine ist fertig, hieß: Räume sie leer! Mit den Jahren hatte er gelernt, ihre Formulierungen zu übersetzen. Inzwischen geschah das ganz automatisch, ohne dass er den Rohzustand ihrer Worte bewusst registrierte.

"Ich kümmere mich um die Anträge, sobald ich aus Jena zurück bin", versprach er und stopfte mit einer endgültigen Geste drei übereinandergestapelte, weiß überzogene Kartoffelscheiben zwischen seine Zähne. Aber Helen ließ nicht locker.

"Und die Abrechnungen, was ist damit? Ich will nicht wieder alles selbst machen müssen. Schließlich habe ich auch einen Job."

Sie brachte das Wort "Job" ungewollt mit amerikanischem Akzent heraus, worüber sie sich ärgerte. Buck nickte gehorsam. "Mache ich. Du weißt ja, am Bürotag habe ich schon mittags Schluss."

"Nicht allen geht es so gut wie dem feinen Herrn Professor", keifte Helen. Buck wollte sich gerade über ihren unangebrachten Ton beschweren, doch im letzten Moment presste er die Lippen aufeinander. Das Empty-Nest-Syndrom machte seiner Frau deutlich mehr zu schaffen als ihm. Der Umzug von Ohio nach Thüringen lag nun zwei Jahrzehnte zurück. Damals waren die Kinder noch klein. Heute sind sie aus dem Haus, alle beide. Der Sohn hatte die erstmögliche Gelegenheit genutzt und sich in die alte Heimat verabschiedet. Die Schwalbe fliegt über den Eriesee, gischt schäumt um den Bug wie Tropfen von Schnee. Columbus State University, das war schon immer sein Wunsch. Und Lisa? Lisa lebt in Berlin, eine kulturelle Unendlichkeit von Thüringen entfernt.

Wieder drehte er den Kopf zum Fenster. Auf der Straße war niemand zu sehen. Fleischtag war schließlich Familientag. Alle saßen zu Hause, mampften Steaks, Würste oder sogar beides. Erst gegen Nachmittag würden sie Spaziergänge unternehmen. Moment mal, dachte Buck überrascht. Offenbar war die Straße doch nicht so verwaist, wie er zunächst angenommen hatte.

"Was für… Helen, sieh dir das an!"

Er war aufgesprungen, Helen ebenfalls. Die Stimme ihres Mannes hatte sich überschlagen, was nichts Gutes bedeutete, vielleicht Gefahr. Sie spähte an seiner Schulter vorbei. 'Die Strickjacke muss morgen unbedingt in die Wäsche', dachte sie. Plötzlich fing sie an zu lachen.

"Ist es wegen Ringo? Machst du deswegen so ein Theater."

Empört zeigte Buck auf den jungen Mann unter dem Fenster, der genussvoll in eine Möhre biss und dabei über die Pflastersteine hüpfte. Eine außergewöhnliche Erscheinung: rot, blau und gelb gestreifter Faltenrock, neonfarbenes, viel zu enge Feinripp-Unterhemd, unrasiert, schwarze, lockige Haare, die wild unter seiner Baseball-Mütze hervorquollen.

"Ringo?", fragte er verwundert. "Du kennst seinen Namen?"

"Natürlich nicht. Die Nachbarschaft nennt ihn nur so, weil er diesen Nasenring trägt."

"Wie kann jemand am Fleischtag um die Mittagszeit draußen herumlaufen und öffentlich Gemüse essen? Auch noch Möhren. Wenn ihn das Ordnungsamt erwischt, muss er für das Brechen der Regeln auf öffentlichen Straßen und Plätzen mindestens sechzig Euro bezahlen."

Helens Lachen, dass zwischenzeitlich ein wenig leiser geworden war, wieherte erneut auf. "Lass ihn doch. Das hier ist nicht Berlin, oder wann hast du die letzte Polizeistreife gesehen? Wenn ihn keiner verpfeift, wird ihm nichts passieren."

Buck war mit Helens lockerer Haltung keinesfalls einverstanden. Schnaubend schüttelte er den Kopf.

"Rege dich nicht so auf", sagte sie sanft. "Komm! Wir lassen den Spaziergang sausen und gehen nach oben. Heute ist schließlich nicht nur Fleisch-, sondern auch Sextag. Ganz im Einklang mit der obersten Regulierung."

Empört schob Buck ihre Hand von sich. "Wir haben noch nie einen Spaziergang sausen lassen. Sogar wenn es geregnet hat, waren wir mindestens fünf Minuten draußen."

Sie seufzte. Nein, Buck hatte den Spaziergang tatsächlich nie ausfallen lassen. Selbst mit hundert Jahren würde er noch über den Fußweg humpeln, glücklich über die ewige Abfolge von Sporttag, Kulturtag, Fleisch- und Sextag, Waschtag, Bürotag, Handwerkstag und Putztag, an dem sie für gewöhnlich einen illegalen Zwischenwaschgang einschob, wie es alle normalen Menschen in Magdala taten. Hier wird nichts so heiß gegessen, wie es gekocht wird. Mit einem weiteren Seufzer schaute sie an ihrem Mann herab. An der halb aufgegessenen Wurst auf seinem Teller kam ihr Blick zur Ruhe.

Buck trat durch die gläserne Schiebetür, die sich elektrisch hinter ihm schloss. Das Jackett hatte er über den linken Unterarm gelegt, die braune Ledertasche trug er in der rechten Hand. Er hob den Kopf. Die Sonne schien nach wie vor klar durch die spärlichen Wolken und das Steinpflaster des Abbé-Platzes hatte sich aufgeheizt wie Schamotteplatten in einem Backofen. Zum Glück war für heute Feierabend. Buck freute sich, in das schattige Magdala zurückzukehren - und auf seine Joggingrunde am Teich. Schließlich war Sporttag.

Da am Morgen keine Zeit geblieben war, sich in die Tiefgarage zu schlängeln, parkte er direkt vor dem Gebäude der Amerikanistik - seiner Amerikanistik. Während er zum Auto hinüberging und den Studenten nachblickte, die lachend und johlend zur Haltestelle rannten, musste er daran denken, wie glücklich seine Karriere doch verlaufen war. Ausgerechnet ihn hatte die renommierte Jenenser Uni berufen, einen Wissenschaftler mit gerade Mal durchschnittlichen Publikationen. Freilich war die Amerikanistik in Jena kein besonders üppig ausgestattetes Institut. Im Vergleich zu den technischen und naturwissenschaftlichen Fakultäten lag sie eher unterhalb der allgemeinen Wahrnehmungsschwelle. Aber die Arbeit machte ihm Spaß und die Atmosphäre stimmte. Niemals gab es Intrigen, kein Hauen und Stechen um die Finanztöpfe. Die Leute hier mochten ihn, er kam gut mit ihnen zurecht und er glaubte zu wissen, warum das so war.

Allerdings gab es einen Menschen, mit dem Buck nicht zurechtkam: Ringo. In jener Woche hatte er es besonders arg getrieben. Am Waschtag stieg er in den Teich nahe dem Rathaus, ein schmutziger Tümpel, in dem alte Schuhe und zwei kaputte Regenschirme schwammen. Ringo schien das nicht zu interessieren. Er planschte und tauchte, als handele es sich bei der grünen Brühe in Wirklichkeit um Champagner. Nach seinem Bad spazierte er triefend vor Dreckwasser vor Rathaus auf und ab. Er sang dabei, was ziemliches Aufsehen erregte. Auch wenn Buck nur durch Bekannte davon erfuhr - sein Haus lag abseits der Innenstadt - konnte er sich die Situation lebhaft vorstellen. Am Bürotag, als sich alle Leute auf ihren Papierkram konzentrieren mussten, lärmte Ringo betrunken durch die Straßen, in jedem Arm eine kichernde junge Frau. Wer weiß, wo er die beiden aufgegabelt hatte. Aus Magdala stammten sie jedenfalls nicht. In Sichtweite von Bucks Haus wurde das Trio von der herbeigerufenen Polizei gestellt. Als die Beamten Ringo verwarnen wollten, hob er nur die Hände. Er habe kein Geld, aber er könne etwas von seinem Schmuck abgeben. Schwankend machte er sich daran, Halskette, Armreifen - von denen er mindestens fünf an jedem Handgelenk trug - und den Nasenring abzulegen. Doch die Beamten ließen nicht mit sich spaßen und führten ihn unsanft zum Streifenwagen. Ab gings aufs Revier. Doch schon am Putztag kehrte er zurück. Und er hatte nichts Besseres zu tun, als mit einem Besen auf das Dach eines Bauernhofes zu klettern, das Reinigungsgerät zwischen seine dünnen, nackten Beine zu klemmen und lachend in einen Haufen aufgestapelter Strohballen zu springen. Wie durch ein Wunder blieb er unverletzt. Augenzeugen vermuteten, sein Rock habe ihn gerettet, da er sich während des Sprunges wie ein Fallschirm aufblähte. Jedenfalls trieb ihn der Bauer mit einer Mistgabel vom Gehöft, was Ringo lediglich zu weiteren Lachanfällen provozierte.

Ringo war kein böser Mensch. Buck hatte beobachtet, wie er einer alten Frau half, der eine Mücke oder Ähnliches ins Auge geflogen war. Umso mehr fragte er sich, warum er immer wieder aus der Reihe tanzte. Helen und er, sie hatten sich immer an die Regeln gehalten. Das war der Schlüssel, um sich zu integrieren. Sein hochtrabender Beruf als Professor spielte keine Rolle dafür. Der hätte vielleicht in Amerika dabei geholfen, akzeptiert zu werden, nicht hier in Magdala. Deutsche finden es sympathisch, wenn man sich an Normen und Gesetze hält, egal wer oder wie reich man ist.

Buck öffnete die Fahrertür seines Autos und wich dem Schwall heißer Luft aus. Statt die anderen Türen zu öffnen, um ordentlich durchzulüften, stieg er ein, startete den Motor, drehte Klima- und Stereoanlage auf und fuhr los. Zu Hause angekommen fand er Helen im Keller vor. Sie hatte bereits mit ihren Übungen am Rudergerät begonnen.

"Falls Du etwas essen willst, im Kühlschrank steht Joghurt?", keuchte sie zur Begrüßung.

Nein, Buck wollte nichts essen. Er ging nach oben und zog seine Sportkleidung an, eine kurze Hose und ein T-Shirt mit der Aufschrift "OHIO STATE UNIVERSITY". Im Flur schlüpfte er in die Laufschuhe, dann ging es los: über die Josephstraße zum ehemaligen Naturbad von Magdala: grünes Wasser, Vogelzwitschern, sanfte Buchen entlang des Ufers. Man konnte es vollständig umlaufen. Fünf Runden wollte Buck heute schaffen, musste er schaffen. Doch trotz der Vorfreude, mit der er das Institut verlassen hatte, trotz des frischen Sauerstoffs, der nun in sein Blut strömte, verschlechterte sich seine Laune mit jedem gelaufenen Meter. Zunächst glaubte er, die Mücken seien daran schuld. Seine Stirn war durch ihren Schwarm gepflügt, als er unweit der Bushaltestelle auf den Uferweg abbog. Erst als die Haltestelle wieder vor ihm auftauchte, konnte er sie verscheuchen. Doch an den Insekten lag es nicht, denn auch die zweite, mückenfreie Runde, verschaffte ihm keine Befriedigung. An der Haltestelle musste er sogar haltmachen. Schnaufend stützte er die Hände auf die Knie.

'Alles wegen dieses Ringo', schoss es ihm durch den Kopf. 'Helen findet ihn gut, erfrischend, und mich findet sie spießig. Aber ich kann spontan sein, flippig, und zwar ohne die Regeln zu verletzen.'

Wütend zog er sein T-Shirt aus und warf es gegen den Stamm einer Buche. Die Laufschuhe folgten. Er griff an den Bund seiner Hose, zögerte, behielt sie jedoch an. Mit kämpferischem Geheul stürzte er sich in das modrige Wasser und begann wie wild zu kraulen. Algen klebte an seinen Wangen, Entengrütze verfing sich zwischen seinen Haaren. Nach wenigen Minuten erreichte er die Mitte des Teichs, wo er plötzlich einen stechenden Schmerz im Oberschenkel spürte. Krampf! Er schrie auf, zog das Bein an, ruderte mit den Armen. Vier Meter tief war der Teich an dieser Stelle. Die Schwalbe fliegt über den Eriesee.

Aus den Augenwinkeln registrierte er, dass sich Leute am Ufer versammelten. Sein ungewöhnliches Verhalten hatte sie aus ihren Häusern gelockt. Würde jemand von denen ins Wasser springen? Vielleicht dachten sie gerade darüber nach, ob man am Sporttag irregewordene Amerikanistik-Professoren aus ehemaligen Naturbädern retten durfte. Bucks Arme wurden schwach. Der Krampf wollte und wollte nicht aufhören. Er schluckte ekeliges, schleimiges Wasser. Doch plötzlich, wie aus dem Nichts, reckte sich eine Hand nach ihm. Mindestens fünf Armreifen klapperten am Gelenk.

"Hab Vertrauen!", sagte Ringo und grinste unrasiert unter dem Schirm seiner Baseballmütze hervor.

Buck fuhr erschrocken zurück. 'Wie kann das sein? Der Junge steht auf dem Wasser, als wäre es Beton. Ein Widerspruch zu allen Naturgesetzen.' Seine müden Arme stellten das Rudern ein. Für einen Moment schwebte er im Wasser, ruhig wie eine Angelpose, dann öffnete der Abgrund seinen dunklen Schlund. Buck zögerte keine weitere Sekunde. Er griff nach der dargebotenen Hand und Ringo zog mit einer Kraft, die Buck dem dünnen Kerl niemals zugetraut hätte. Er wurde angehoben, bis nur noch seine Fußsohlen die Wasseroberfläche berührten. Von Ferne hörte er, wie Helen seinen Namen rief. Wenn er das hier überlebte, musste er sich auf eine gehörige Abreibung gefasst machen. Das stand schon mal fest.

"Hab Vertrauen!", wiederholte Ringo.

Schmutziges Wasser tropfte von Bucks Armen und plätscherte auf die Entengrütze. Vorsichtig tat er den ersten

Schritt. Der Krampf war verschwunden. Er spürte die Oberfläche und sie fühlte sich keinesfalls wie Beton an, eher wie ein warmer, weicher Teppich. "Jenseits aller Regeln, jenseits aller Regeln", murmelte er. Und siehe, er ging auf dem Wasser, Hand in Hand mit seinem Retter.

Bevor sie das Ufer erreichten, fing Ringo an zu lachen. Er ließ Buck los und sofort erhielt das Wasser seine ursprüngliche Konsistenz zurück. Buck sank knietief in den Teich. Während er durch den schlammig-steinigen Untergrund in Trockene watete, hüpfte Ringo kichernd und platschend auf dem Wasser herum. In der Teichmitte legte er sich auf den Rücken wie auf eine unsichtbare Luftmatratze. Den Rock strich er glatt, die Mütze zog er über die Augen, verschränkte die Arme unter dem Kopf und ließ seinen Feinripp-Bauch von der Sonne wärmen. Er hatte wohl beschlossen, dass gerade Faulenztag wäre.

***

Pyro-Genesis

Im Anfang war die Welt wüst und wirr, dunkel und kalt. Also machte er Licht und schaute sich darin um. Aber da war nichts außer Gedanken und Tatendrang.

Zuerst erschuf er das Fundament. An einer Stelle machte es grau von Gestein und an einer anderen braun wie von Erde. Das Braune nannte er Acker und das Graue Fels. Auf den Felsen setzte er ein Gewölbe, das in der Mitte hohl war. Das Innere nannte er Höhle, das Äußere Berg und alles darüber den Himmel.

Dorthin, wo der Boden ein wenig tiefer war, füllte er das Blau des Wassers und nannte es Meer. Damit es nicht versiegte, schuf er einen Fluss, der es mit Wasser versorgte. Mit dem festen Druck seiner Finger pflanzte er Schilfrohr in den Schlick und allerlei Sträucher auf den Dünen. Die Äcker umgab er mit Gras, Wildblumen und Bäumen, die er Wald nannte. Kahl beließ er den Berg. Die Spitze malte er weiß an und nannte es Schnee. Er berührte ihn und ja, er fühlte sich kalt an.

Er wandte sich dem Meer zu und ließ Fische und andere Seetiere darin schwimmen. Delfine sprangen und kicherten. An den Ufern des Wassers schlängelten sich allerlei Kriechtiere. Angespornt von seinem Erfolg belebte er auch den Wald. Auf die Bäume setzte er Vögel mit buntem Gefieder. Die meisten von ihnen hockten auf den Zweigen und reckten die Schnäbel gen Himmel. Andere brüteten in ihren Nestern oder flogen aus, um Nahrung zu suchen. Er ließ Wölfe zwischen den Bäumen umherstreifen. Eine Wildkatze kletterte an einem der Baumstämme empor, um einen Vogel zu fangen. Die Dinosaurier, die er auf dem Acker platziert hatte, nahm er wieder weg. Sie passten nicht hierher. Als er sich dabei umdrehte, berührte seine Fußspitze unversehens das Fundament. Plötzlich erzitterte die Welt. Der halbe Wald wurde gefällt, Katze und Vogelnester fielen zu Boden, Steine und Murmeltiere kullerten den Berg hinunter. Geduldig baute er alles wieder auf.

Seine Knie schmerzten, doch er riss sich zusammen. Es gab noch viel zu tun. Er trennte eine Fläche vom Acker ab, die neben dem Fluss im Schatten des Berges lag. Dort baute er einen Brunnen und einen Marktplatz. Aus den Steinen des Felsens errichtete er Wände, setzte Fenster, Türen und Schornsteine ein. Die Dächer deckte er mit roten Ziegeln. Zwischen den Häusern legte er Straßen und Wege an, dahinter umzäunte Gärten und Wiesen, auf denen Kühe, Schafe, Ziegen und Pferde grasten. Neben dem Marktplatz baute er die Kirche und oberhalb davon eine Burg, auf der eine Fahne mit einem fürstlichen Wappen wehte.

„Jetzt mache ich Menschen, die in den Häusern wohnen", sprach er zu sich selbst. Gesagt, getan! Er schuf Handwerker, Bäuerinnen, Doktoren, Edelfrauen und einen König. Ritter posierten, als ob sie ihre Kräfte sogleich beim Lanzenstechen messen wollten. Ein Schmied beschlug die Hufe der Pferde, Marktfrauen boten ihre Waren feil. Doch am besten war ihm der Astronaut gelungen. Er trug einen silberglänzenden Raumanzug und überragte alle anderen um Kopflänge. Bald würden seine Augen, geschützt durch das regenbogenfarbene Visier, die Geheimnisse des Universums lüften. Er würde die Krater des Mondes durchstreifen, die Kanäle des Mars nach uralten Lebewesen absuchen und sogar in eine andere Galaxis reisen.

Er betrachtete alles, was er gemacht hatte, und sah, dass es gut war.

Eigentlich wollte er ruhen, als plötzlich die Zimmertür aufflog. „Hast du etwa die ganze Zeit nur mit den Legosteinen gespielt?", rief die Mutter und stemmte die Hände in die Hüften. „Was ist mit Deinen Hausaufgaben? Ich kann nicht ständig neben dir stehen und aufpassen, dass du keinen Blödsinn machst. Irgendjemand muss schließlich Geld verdienen. Oder wie soll das Essen sonst auf den Tisch kommen?"

„Schau doch, wie schön es geworden ist, als ob wirklich Menschen darin leben würden." Er zeigte trotzig auf seine Schöpfung, aber die Mutter würdigte sie keines Blickes, stattdessen wurde sie rot vor Zorn.

„Du hast keine Deiner Aufgaben erfüllt, schon wieder. Der Müll ist nicht rausgebracht, die Küche nicht aufgeräumt. Deine Klamotten liegen einfach so im Flur. Weißt Du, es reicht mir. Am liebsten würde ich das hier alles verbrennen." Ihre Fußspitze kickte in Richtung der Lego-Konstruktion. „Du setzt dich sofort an den Schreibtisch. Abendessen gibt es erst, wenn du mit den Hausaufgaben fertig bist! Und morgen verschwindet dieser Müll." Sie drehte sich um und knallte die Tür hinter sich zu. Der Junge schaute ihr traurig nach.

Als er am nächsten Tag aus der Schule kam, ging er sofort in sein Zimmer und bugsierte das Werk durch die Wohnungstür nach draußen. Er legte es in die Feuerstelle, auf der die Wohngemeinschaft an den Wochenenden Steaks und Würstchen briet. Etwa eine Minute lang betrachtete er es, zunächst mit Bedauern, dann mit entschlossener Miene. Er holte den Flüssiganzünder aus dem Schuppen, goss ihn über den Felsen, das Meer, die Tiere, die Gebäude und die kleinen Menschen. Dann hielt er vorsichtig ein Streichholz an die Kirchturmspitze. Die Flamme schoss nach oben, hastig wich er zurück. Aus sicherer Entfernung beobachtete er, wie sich das Plastik unter bläulich züngelnden Flammen verbog und schwarzen Qualm in den Himmel paffte. Der Junge musste husten, seine Augen tränten. Wie hinter einem Schleier sah er den Astronauten, wie er am Rand der brennenden Welt stand, die Hand grüßend erhoben. Binnen Sekunden schmolz die Figur zu einem schwarzen, von Blasen übersäten Klumpen.

„Beim nächsten Mal wird sie stolz auf mich sein", flüsterte der Junge selbstbewusst. Mit heißem Gesicht und kratzigem Hals wandte er sich ab, rannte in die Wohnung, direkt auf sein Zimmer, wo er die zweite Legokiste aus dem Schrank zerrte.

Im Anfang war das Feuer. Danach war die Welt wüst und wirr …

***

Silberstreif

Zischend sog Jurek Atemluft durch die geschlossenen Zähne. Das Desinfektionsmittel brannte höllisch auf der geschundenen Haut. Er angelte eine Kompresse aus dem Erste-Hilfe-Kasten, riss die Verpackung auf und klebte das keimfreie Gewebe über die blutende Wunde. Nur ein Schnitt, kein Biss, Gott sei Dank! Die Monster, die ihn gerade überfallen hatten, lagen bleichgesichtig und mit entblößten Fangzähnen auf dem Küchenfußboden. Nein, Vampire verdampfen nicht, wenn man ihnen einen Silberpflock in die Brust rammt. Sie kippen einfach um und sind tot, endgültig. Jurek zog sein T-Shirt über die Bauchmuskeln. Der Schmerz ließ nach. Angenehm. Und ein beruhigendes Gefühl. Nicht beruhigte ihn, dass in der nietenbesetzten Ledertasche an seinem Gürtel gähnende Leere herrschte. Vampirblut war aggressiv. Es fraß sich in das Silber und verwandelte es entlang seiner fingernden Pfade in eine schwarze, unbrauchbare Masse. Deshalb konnte er jeden Pflock nur drei oder viermal verwenden. Wenn Jurek richtig gerechnet hatte, würde er nur noch sechs weitere Vampire töten können.

Jurek klappte den Deckel des Kastens zu und schob ihn zur Seite. Blutspritzer kamen zum Vorschein, aber das war nur ein kleines Malheur im Vergleich zu dem Chaos, das in der Wohnung herrschte. Am schlimmsten sah es im Wohnzimmer aus. Sogar die kleine Standuhr mit dem goldenen Engel, ein Erbstück von seiner Großmutter, war bei dem Kampf zu Bruch gegangen. Keuchend erhob er sich. Eine Hand in die Seite gedrückt schleppte er sich durch die

Mineralwasserglas- und Suppentellersplitter und stieg über die Metalltrümmer der abgerissenen Dunstabzugshaube. Es kostete einige Kraft, die Pflöcke aus den toten Untoten zu winden, vor allem der letzte stellte sich verdammt widerspenstig an. Endlich bekam er das Ding frei. Mit einem "Kokett" Küchentuch wischte er alle Oberflächen sorgsam sauber und verstaute die Pflöcke in der Gürteltasche.

Nur noch sechs Vampire, dann wäre er arbeitslos. Nun, er war nicht der einzige Jäger mit solchen Problemen. Das Embargo gegen Südamerika hatte dafür gesorgt, dass kein Silber mehr zu bekommen war, egal wie viel man dafür bot. Die Auswirkungen waren bereits sichtbar: Mittlerweile breiteten sich die Vampire in allen großen Städten aus. Täglich, oder besser, nächtlich gab es Zehntausende Bisse. Und die Rate stieg exponentiell an. Jurek grinste mit einer Mischung aus Häme und Verzweiflung. Was werden die wohl machen, wenn Europa ihnen gehört, hä? Sich weiter ausbreiten natürlich, wahrscheinlich bis an den verdammten Nordpol.

Aber was konnte man tun? Auf eine bessere Zukunft warten? Schon früher hatte es geheißen, bei der Vampirjagd müsse man vom Silber weg. Die Lagerstätten seien fast leer und neue gäbe es nicht. Fake News! Kurze Zeit später entdeckte man gewaltige Vorkommen in Peru. Dann wurde behauptet, die Silberproduktion sei nicht nachhaltig. Unmengen CO_2 würden dabei freigesetzt, außerdem sei der Abbau gesundheitsschädlich für die Bergarbeiter. Als irgendwann jemand nachrechnete, stellten sich diese Behauptungen als völliger Blödsinn heraus. Von allen Edelmetallen hat Silber die günstigste CO_2-Bilanz. Und über eine erhöhte Sterblichkeit der Bergleute war auch nichts bekannt. Tja, und heutzutage: Keine Silber-Abhängigkeit von autoritären Regimen, die auch noch Krieg gegeneinander führten! Bei all den guten Vorsätzen wurde vergessen, dass einzig Silber dafür geeignet ist, Vampire zu vernichten. Irgendwelche Laien behaupteten zwar, ein Holzpflock, eingeschlagen ins Herz mit drei Schlägen, würde genügen, vorausgesetzt, der Vampir schläft dabei in seinem Sarg. Alles Ammenmärchen.

Als sich Jurek wieder auf den Küchenstuhl setzte, spürte er einen neuen Schmerz. Er drehte den Kopf, rollte mit den Augen, bis er seine Schulter im Blick hatte. Verdammt noch mal! Da war ein Biss, eindeutig. Zwei kleine Löcher nebeneinander. Er war infiziert. Die Verwandlung seines Blutes hatte zwar noch nicht eingesetzt, aber es war nichts mehr zu machen. Kalte Verzweiflung lief ihm schauerweise über die Haut. Sein Rücken krümmte sich. Er zitterte, riss sich an den Haaren. Nein, es gab keinen Ausweg. Entschlossen öffnete er die Gürteltasche und zog den stabilsten, spitzesten der Silberpflöcke heraus. Probeweise setzte er ihn an, holte Schwung und rammte ihn mit beiden Händen in seine Brust. Jurek sank stöhnend auf den Küchenfußboden.

'Die Putzfrau wird ausrasten', das war sein letzter Gedanke.

Ja, die Putzfrau brüllte tatsächlich. Hier würde sie auf keinen Fall sauber machen. Trotzdem wollte sie ihren Arbeitgeber nicht so liegenlassen, schließlich war er immer sehr freundlich zu ihr gewesen. Und extra Geld gab es hin und wieder auch. Sie schlängelte sich vorbei an den Leichen, beugte sich über ihn und zog den metallenen Fremdkörper mit einer kräftigen Bewegung aus seinem Herzen. Blut quoll durch die kreisrunde Wunde. Plötzlich öffneten sich die Wolken und das Morgenlicht fiel durch das Küchenfenster. Und siehe, die Spitze des Pflocks glitzerte in ihrer Hand, als hätte ihn die Fabrik für Vampirtötungspflöcke gerade erst ausgeliefert.

***

Stockholm-Syndrom

"Die schlechte Nachricht ist, Sie würden sterben, sollten Sie erkranken." Wahrscheinlich ohne es geplant zu haben, schielt Dr. Jensen zu dem riesigen Plastik-Totenkopf in Regal neben dem Fenster, dem üppige grüne Ziergras-Haare aus der Schädeldecke sprießen. Ein merkwürdiges Accessoire für eine Arztpraxis, noch dazu eine, die auf Krebspatienten spezialisiert ist.

Er fängt seinen Blick ein und richtet ihn wieder auf mich. "Und es gibt noch eine schlechte Nachricht: Sie werden keinen der gängigen Impfstoffe vertragen. Ich will nicht behaupten, dass sie daran sterben, aber die Wahrscheinlichkeit dafür ist sehr hoch." Er lehnt sich zurück in seinem lederüberzogenen Bürostuhl und macht ein merkwürdig entspanntes Gesicht. Der schwarze Schnurrbart beult sich nach vorn, was bedeutet, dass er seine Zungenspitze zwischen Schneidezähne und Oberlippe geschoben hat.

"Aber es gibt eine gute Nachricht?", frage ich und meine Stimme klingt, als ob sie gerade die Stratosphäre erreicht hätte.

Der gute Doktor strafft seinen Rücken und nimmt ein mit medizinischen Fachwörtern dekoriertes Blatt Papier vom Tisch. Er liest, wobei er ab und zu mit der Zunge schnalzt. Ein unangenehmes Geräusch. "Es gibt eine Impfung, die nicht das Blutsystem gelangt", erklärt er, ohne den Blick zu heben. "Ein finnisches Präparat. Es wird einmal wöchentlich in Rachen und Nase gesprüht. Und es kann…"

"Ja?" Ich frage so ungeduldig wie die Ehefrau eines Lottospielers, der ihr gerade verkünden will, dass er sechs Richtige hat. Mit Zusatzzahl.

"Es kann Sie zu neunzig Prozent vor einer schweren Erkrankung beschützen, selbst wenn Sie als Putzfrau in einem chinesischen Forschungslabor arbeiten würden."

Ich bin so aufgeregt, dass ich fast aufgesprungen wäre. Erst nach ein paar Sekunden gelingt es mir, mich zusammenzureißen.

"Verzeihung, Herr Doktor. Aber ist das nicht - gefährlich? Immerhin habe ich dieses Ding in meinem Hals."

Er schüttelt seinen struppigen Wissenschaftler-Wuschelkopf. "Ich bin von der Wirkung des Präparats absolut überzeugt. Die Studien sind über jeden Zweifel erhaben. Und wenn Ihnen das als Argument noch nicht reicht: Wie Sie wissen habe ich noch mehr Patienten mit Ihrer Krankheit und ich empfehle es allen, ausnahmslos."

"Keine Nebenwirkungen?", frage ich. Die Sache muss doch einen Haken haben.

"Nun ja", brummt er. "Es gibt Hinweise, dass der orale Austausch von Körperflüssigkeiten mit Menschen, denen man kurz zuvor ein anderes Vakzin verabreicht hat, zu Nebenwirkungen führen kann, allerdings nur bei diesen Menschen, nicht bei Ihnen."

"Was welche Nebenwirkungen sind das?"

"Spontane Muskelkontraktion, Hautveränderung, zitternde Hände, Heiserkeit, Haarverfärbung, Blitzbartbildung. Die Fälle sind selten, trotzdem sollten Sie aufpassen, vor allem im Umgang mit ihrem Freund."

"Danke für den Hinweis", sage ich leicht desorientiert und denke: 'Gar nicht so schlimm.'

"Noch etwas." Das Bedauern in Dr. Jensens Gesicht erinnert mich an eine Stewardess, die den Passagieren mitteilen muss, dass sie ihre Anschlussflüge verpassen werden. "Leider wird diese Impfung in Deutschland nicht anerkannt. Offiziell würden Sie weiterhin als ungeimpft gelten."

Ich hebe den Blick. Das ist mir so scheißegal, wie die Rasse des Hundes dem Knochen, an dem er nagt.

"Ich kann Sie nicht reinlassen, tut mir leid." Drinnen wummern die Bässe wie Hämmer in einem Stahlwerk. Selbst die Schwelle vor der Eingangstür des Klubs vibriert. Nur an dem blöden Türsteher vibriert nichts. Er schaut mich an wie ein Verkäufer, dem ein Kunde gerade gesagt hat, dass er sich gern beraten lassen würde, aber kein Geld hätte, auch nur irgendetwas zu kaufen.

"In Finnland und Schweden ist der Impfstoff zugelassen", erkläre ich und halte ihm ein paar Zettel unter die Nase, die das eindeutig beweisen. Er verzieht keine Miene und schüttelt lediglich den Kopf, was bei seinem Stiernacken eigentlich unmöglich zu sein scheint.

"Kommen Sie", bettle ich. "Ich war seit über einem Jahr nicht mehr in einem Klub." Ich drücke die Handflächen gegeneinander. "Und das hier ist mein Lieblingsklub."

"Ohne das entsprechende Online-Zertifikat kann ich Sie nicht reinlassen. Und solch ein Zertifikat vergibt nur ein deutsches Gesundheitsamt. Wenn das Zeug in Schweden zugelassen ist, dann suchen sie sich dort einen netten Klub und tanzen Sie mit den Elchen. Und jetzt gehen Sie bitte." Seine Kaumuskeln zermahlen einen unsichtbaren Kaugummi. Er winkt mit dem Handrücken. Die Goldkettchen an seinem Handgelenk klirren wie bei einem König, der einen nervigen Diener aus dem Thronsaal scheucht.

"Aber ich vertrage doch nichts anderes!" Ich habe ihn angeschrien, doch er bleibt gelassen. Ruud, der die ganze Zeit ruhig neben mir gestanden hat, legt seine Hand auf meine Schulter. Es fühlt sich nach "Beruhige Dich, Kindchen" an, obwohl es nicht so gemeint ist. Ich kenne Ruud. Trotzdem bin ich sauer. Wenn dir jemand das Wasser abdreht, während du voll eingeseift unter der Dusche stehst, willst du auch keine Nettigkeiten, sondern das verdammte Wasser, weil der brennende Seifenschaum in die Augen läuft.

"Komm schon, Schatz! Wir gehen nach Hause und schauen fern. Oder wir spielen etwas." Ruud zieht mich von der Tür weg. Sofort rückt das nächste Pärchen nach.

"So wie jeden Abend?", gebe ich zurück. "Seit einem Jahr. Ich will den Rest meiner Zeit nicht mit Mensch-Ärgere-Dich-nicht verbringen."

Ruud sagt nichts, dafür lächelt er so verständnisvoll, als wäre er mein Großvater, der seiner kleinen Enkelin gerade erklärt, dass man Hühner nicht mit Mehl bepudern muss, damit sie weiße Eier legen. "Komm, wir bringen die Mehltüte wieder in die Küche, wo sie hingehört. Großmutter macht Dir bestimmt eine Schüssel mit Sahneeis und Blaubeeren."

Ich werde mich von ihm trennen', denke ich, 'sobald ich einen adäquaten Ersatz gefunden habe.'

"Wenn Du willst, können wir nach Schweden fahren", sagt er plötzlich. "Ich kann ein paar Tage Urlaub nehmen. Und da Deine Impfung dort anerkannt wird, sollte es kein Problem sein, über die Grenze zu kommen. Dr. Jensen wird Dir bestimmt die nötigen Zertifikate geben."

Er winkt einem Taxi. Ich schaue ihn verdutzt an, dann nicke ich, und zwar heftig. Er hat zwar nicht gesagt: "Hey, gerade ist ein Brief von Dr. Jensen angekommen. Du glaubst nicht, was da drinsteht. Deine Krankheit ist heilbar, ein neues Medikament." Aber das, was er gesagt hat, kommt dem ziemlich nahe. Das Taxi hält neben uns und der Fahrer kurbelt das Fenster nach unten. "Ab heute null Uhr dürfen nur noch Geimpfte transportiert werden."

Ich ziehe mein Handy aus der Tasche. Es ist fünf nach zwölf.

"Stockholm ist herrlich." Wir sind den ganzen Tag durch Schwedens Hauptstadt gelaufen wie Lasse und Lisa durch Bullerbü. Und wir, das sind nicht nur Ruud und ich, sondern ein halbes Dutzend von Dr. Jensens Patientinnen und ihr zumeist männlicher Anhang. Der gute Doktor war regelrecht begeistert, als ich ihm von meinen Reiseplänen erzählte und hat direkt vorgeschlagen, meine Leidensgenossen darüber zu informieren. So eine Ablenkung wäre gut für Geist und Körper - wenn wir es mit dem Alkohol ruhig angehen ließen. Die Einreise nach Schweden war absolut kein Problem, allerdings werden wir nach der Rückreise nach Deutschland in Quarantäne gehen müssen. Was solls. Wenn wir alle zu Hause sitzen, haben wir genug Zeit, uns am Telefon von unseren gemeinsamen Abenteuern zu erzählen.

"Ab in den Klub!", ruft jemand, als wir gerade die Grenze zwischen den Stadtteilen Östermalm und Norrmalm überqueren. Wir sind schon ganz schön angesäuselt, aber wir verbergen unseren Zustand, als wir uns der blinkenden Tür des ABBA-Klubb nähern. Schon wieder ohne Probleme und mit einem freundlichen Lächeln des Türstehers gehen wir rein. Wir tanzen, was das Zeug hält, wir trinken und machen den ganzen Laden unsicher. Und wir mischen uns unter die Leute. Karin, ihr Sternzeichen ist Single, holt sich einen gut aussehenden Kerl an der Bar ab. Beinahe sieht es so aus, als würden sie sich beim Tanzen küssen.

Kurz darauf stehen die beiden neben uns und trinken Cocktails. Er ist Deutscher, ein Tourist. Sein Name ist Lider. Groß, gut aussehend, freundlich. Sie unterhalten sich mit den für solche Anlässe üblichen hochgezogenen Mundwinkeln. Erst berühren sich die Hände, dann küsst sie ihn - diesmal wirklich. Es scheint ein angenehmer Abend für beide zu werden, doch die Liebkosung zeigt plötzlich eine eigenartige Wirkung.

Das freundliche Lächeln verschwindet aus Liders Gesicht, kurz darauf aus dem von Katrin. Seine Miene gefriert und die Lichter der Discokugel huschen glitzernd über seine bleichen Wangen, fast wie die Skarabäen über die Leichen in diesem Mumienfilm. Ich wundere mich noch, warum mir ausgerechnet dieser Vergleich eingefallen ist, als der großgewachsene Kerl zu schrumpfen beginnt. Sein Gesicht wird knochig und ledern, seine blonden Haare dunkel, strähnig. Er biegt sich nach vorn, als ob er Schmerzen im Rücken hätte. Seine linke Hand beginnt zu zittern. Er presst sie gegen die Hosennaht, mit der anderen streicht er sich über die Stirn und der Schatten seiner Hand fällt auf das schmale Bärtchen unter seiner Nase. Er hustet, keucht, stützt sich am Tresen ab.

Katrin schlägt erschrocken die Hände vors Gesicht. Ruud tritt vorsichtig an ihn heran. Offenbar ist er ansprechbar.

"Sollen wir einen Arzt rufen", fragt Ruud besorgt.

"Nein, danke!", krächzt Lider. "Das passiert ständig, seitdem ich in Schweden bin." Schnarrend, als ob seine

Stimmbänder von rostigen Reißzwecken zusammengehalten würden, ruft er den Barkeeper zu sich. Er bezahlt seinen Drink und hinkt ohne jedes weitere Wort aus dem Klub. Wir stehen noch eine ganze Weile wortlos und betreten da. Am anderen Ende des Raumes lacht jemand ein äußerst peinliches Lachen.

"Schauen wir uns die Statistik an." Dr. Jensen räuspert sich. "Also, aus der Gruppe aller konventionell geimpften Personen sind nullkommasechs Prozent an dieser Erkrankung verstorben, im Gegensatz zu dreikommadrei Prozent aus der Gruppe der Ungeimpften. Bei dem Rachen- und Nasenimpfstoff sehen die Zahlen ähnlich aus. Und nun zu Ihnen: Patienten mit Ihren oder einem ähnlichen Befund sind zu achtzig Prozent an der Krankheit verstorben, von meinen Patienten nur zehn Prozent. Der finnische Impfstoff hat also in jedem Fall gewirkt." Ein kühles, aber zufriedenes Lächeln huscht über ein Gesicht, doch er wird schnell wieder ernst. "Es scheint allerdings, als ob seine Wirkung mit der Zeit nachlässt."

"Wie bedauerlich", sage ich und meine Lippen werden schmal.

Plötzlich öffnet sich die Tür. Die Schwester tritt wortlos an seinen Tisch und legt ein paar Unterlagen vor ihm ab. Mich wundert, wie sie in dieser Fischhaut von einem Kittel überhaupt gehen kann, ohne dass die Knöpfe in hohem Bogen davonfliegen. Erwartungsgemäß scheitert der gute Doktor bei dem Versuch, ihr beim Hinausgehen nicht nachzuschauen.

Sanft drückt sie die Tür ins Schloss. Er nimmt den obersten Zettel zur Hand und fängt an zu lesen. Diesmal schnalzt er nicht nur mit der Zunge, er stößt auch noch Pfiffe auf. ES hört sich fast so an, als sei ein Jäger, der irgendein exotisches Tier mit imitierten Brunftlauten anlocken will. "Haben Sie jemals von einem Medikament namens Viagra gehört?", fragt er unvermittelt.

Ich bin irritiert von der scheinbar absurden Frage und der Tatsache, dass sie zu meinem vorherigen Gedankengang passt. "Ein Potenzmittel", kriege ich mit halbwegs seriöser Stimme heraus, "für Männer." Letzteres hätte ich mir sparen können.

"Eigentlich ein Medikament gegen Bluthochdruck. Seine positive Wirkung bei erektiler Dysfunktion wurde zufällig entdeckt."

"Ach ja, interessant", murmle ich. Davon hatte ich keine Ahnung.

Der Doktor legt das Blatt zur Seite und schaut mir direkt in die Augen. "Das finnische Präparat hatte einen unerwarteten Effekt auf ihre Krankheit", sagt er. "Ihr Tumor im Hals ist zurückgegangen. Achtzig Prozent der anderen Patienten geht es übrigens genauso."

Ich begreife nur langsam. Er interpretiert meinen verkniffenen Gesichtsausdruck offenbar völlig falsch, denn er runzelt die Stirn. "Freuen Sie sich gar nicht?"

"Ich freue mich", gebe ich zurück. "Aber was heißt das, zurückgegangen? Werde ich etwa - geheilt?"

"Richtig geheilt!", bestätigt der Doktor. Er verschränkt seine Arme und stützt sich damit auf dem Papierstapel ab.

"Danke schön!", erwidere ich leise. Wie in Trance stehe ich auf, nehme meine Handtasche von der Stuhllehne und gehe auf Puddingbeinen in den Vorraum. Ich winke ab, als die Schwester mich wegen des neuen Termins fragt. Kraftlos öffne ich die Tür, gehe die Stufen hinunter, öffne schon wieder eine Tür und gehe noch mehr Stufen hinunter. Draußen sticht die Sonne in meine Augen. Und ich muss schreien.

Die Leute drehen sich demonstrativ weg. Ich gehe zum Auto. Ein Strafzettel steckt hinter den Wischblättern. Fünf Minuten über der Zeit. Ich steige ein. Das Radio springt an. "… Maßnahmen schrittweise zurückgefahren. Der Minister dankt den Deutschen für die gemeinsamen…" Die Stimme des Moderators schnarrt wie die von dem armen Lider, damals in Stockholm. Ich schalte es ab.

***

Autor: K. Theo Frank

-geboren in Mitteldeutschland

-Naturwissenschaftler

Bisherige Titel:

Philosophie:
-Papa, bin ich noch links? - Ein limenistischer Essay;
Limenistik - Die Leipziger Vorträge; Limenistische Mystik - Die Weimarer Vorträge

Fantasy:
-Marie und die Zauberer; Marie und die Zauberer 2;
I.V.; R.I.; Goethe, Schiller vs. Psychokiller

Dystopie/Sci-Fi:
-E.G.; E.G.2.; E.G.3; Angriff von Links! Angriff von Rechts!; Die Idee über die Welt; Der Wunsch der Androiden

Kurzes:
-Vom Gehen Vom Sein (Gedichte)